WEI YUEDU
微阅读
1+1工程
1+1 GONGCHENG 第四辑

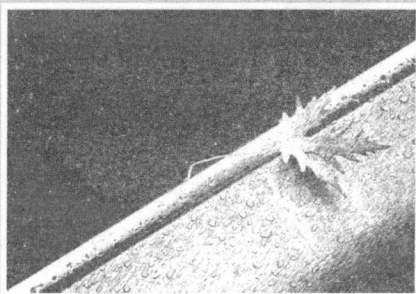

小花招

佛刘

百花洲文艺出版社
BAIHUAZHOU LITERATURE AND ART PRESS

图书在版编目（CIP）数据

小花招／佛刘著．—南昌：百花洲文艺出版社，
2013.10（2018.12 重印）
（微阅读1＋1工程）
ISBN 978－7－5500－0807－6

Ⅰ.①小… Ⅱ.①佛… Ⅲ.①小小说—小说集—中国
—当代 Ⅳ.①I247.8

中国版本图书馆 CIP 数据核字（2013）第 252382 号

小花招

佛　刘　著

出 版 人：姚雪雪
组稿编辑：陈永林
责任编辑：赵　霞
出　　版：百花洲文艺出版社
发行单位：全国新华书店
印　　刷：龙口市新华林文化发展有限公司
开　　本：700mm×960mm　1/16
印　　张：12
版　　次：2014 年 2 月第 1 版
印　　次：2018 年 12 月第 3 次印刷
字　　数：128 千字
书　　号：ISBN 978－7－5500－0807－6
定　　价：29.80 元

赣版权登字：05－2013－361

邮购联系：0791－86895108
网址：http://www.bhzwy.com
图书若有印装错误，影响阅读，可向承印厂联系调换。

前　言

以"极短的篇幅包容极大的思想"，才能够以小胜大，经过读者的阅读，碰撞出思想的火花，震撼人的心灵。正因为这样，微型小说成为一种充满了幽默智慧、充满了空灵巧妙的独特文体。

如果说在二十一世纪的头一个十年，是互联网大大改变了我们的生活，那么在我们正在经历的第二个十年里，手机将更为巨大地改变我们的生活。如今，以智能手机为平台，正在构成一个巨大的阅读平台。一种新的阅读方式正不知不觉地走进大众的生活。一个新的名词就此产生，它便是"微阅读"。微阅读，是一种借短消息、网络和短文体生存的阅读方式。微阅读是阅读领域的快餐，口袋书、手机报、微博，都代表微阅读。等车时，习惯拿出手机看新闻；走路时，喜欢戴上耳机"听"小说；陪人逛街，看电子书打发等待的时间。如果有这些行为，那说明你已在不知不觉中成为"微阅读"的忠实执行者了。让我们对微型小说前景充满信心和期待的是，微型小说在微阅读的浪潮中担当着极为重要的"源头活水"。

肩负着繁荣中国微型小说创作、促进这一文体进一步健康发展的责任和使命，微型小说选刊杂志社推出了"微阅读 1＋1工程"系列丛书。这套书由一百个当代中国微型小说作家的个人自选集组成，是微型小说选刊杂志社的一项以"打造文体，推出作家，奉献精品"为目的的微型小说重点工程。相信这套书的出版，对于促进微型小说文体的进一步推广和传播，对于激励微型小说作家的创作热情，对于微型小说这一文体与新媒体的进一步结合，将有着极为重要的作用和意义。

编者

2014 年 9 月

目　录

私房钱 …………………………………………… 1

父亲的鞋子 ……………………………………… 3

小木箱里的秘密 ………………………………… 5

如果有来生 ……………………………………… 8

逆爱 ……………………………………………… 10

敬礼 ……………………………………………… 12

红布包 …………………………………………… 15

父亲还债 ………………………………………… 17

寻找 ……………………………………………… 20

一封没有发出的信 ……………………………… 23

恼人的风扇 ……………………………………… 25

英雄 ……………………………………………… 27

娘要回家 ………………………………………… 30

小花招 …………………………………………… 31

离婚 ……………………………………………… 33

今夜月圆 ………………………………………… 35

三个人的元宵夜 ………………………………… 38

卖牛 ……………………………………………… 42

布娃娃 …………………………………………… 44

我只想游一次泳 …………………………… 46

乡医小锁 ………………………………… 49

自由者 …………………………………… 51

潜规则 …………………………………… 53

轻松 ……………………………………… 56

好人，好事 ……………………………… 59

锄禾 ……………………………………… 62

小别 ……………………………………… 65

美丽的童话 ……………………………… 67

心安 ……………………………………… 69

谁有病 …………………………………… 72

清潭 ……………………………………… 75

我们的秘密 ……………………………… 77

都是好酒惹的祸 ………………………… 79

九菊 ……………………………………… 82

暖秋 ……………………………………… 84

挽救 ……………………………………… 86

绝招儿 …………………………………… 88

熟悉的陌生人 …………………………… 90

招工 ……………………………………… 92

小区门口的补鞋摊儿 …………………… 94

添乱 ……………………………………… 96

房顶的那边 ……………………………… 99

道具 ……………………………………… 101

风向 ……………………………………… 103

向日葵 …………………………………… 105

份饭 ………………………………………………… 107

高大胖子 …………………………………………… 109

"煤渣" ……………………………………………… 111

顺儿 ………………………………………………… 113

安全员老周 ………………………………………… 116

好兄弟 ……………………………………………… 118

不一样 ……………………………………………… 120

冷 …………………………………………………… 122

老徐的退休生活 …………………………………… 124

矿泉水 ……………………………………………… 126

钓鱼 ………………………………………………… 128

同学陆无双 ………………………………………… 130

师徒 ………………………………………………… 132

评委老马 …………………………………………… 134

心事 ………………………………………………… 136

错别字 ……………………………………………… 138

手疼 ………………………………………………… 140

陪床 ………………………………………………… 141

填空 ………………………………………………… 143

老马和小马 ………………………………………… 145

一起发财 …………………………………………… 147

选举风波 …………………………………………… 149

业务员老马 ………………………………………… 151

阿贵 ………………………………………………… 153

厌倦 ………………………………………………… 155

班组人物 …………………………………………… 157

周碧辉 ··· 161

还书 ··· 164

吴妈 ··· 166

陌生来客 ··· 169

夜遇 ··· 173

马兰花 ··· 175

养老树 ··· 178

五分钱的温暖 ·· 180

烟盒本 ··· 183

私房钱

父亲的肺癌已经到了晚期，家里为了给父亲治病，几乎花光了所有的积蓄，母亲为了能挣点钱，不顾我们的劝阻做起了钟点工，去帮人家看孩子。家境困窘到了极点，也许，下一笔医疗费就得向亲朋好友去借了。

父亲似乎也意识到了这一点，有几次说啥也不治了，挣扎着要回家。我们说有钱，母亲也说有钱，母亲有一次还对父亲说，我自己还存着一大笔私房钱呢。父亲的眼光有点迷离，他似乎不相信母亲的话，他看看我，又看看弟弟妹妹，说，你妈妈说的是假的，她哪里来的私房钱，我还不知道吗？我想想也是，母亲没有工作，除了父亲的工资，她有什么私房钱啊！但为了延长父亲的生命，我只好说，有，我们都看到了，还是我去取的呢。父亲半信半疑，想说什么终究没有说出来。

一天下午，母亲递给我一个存折，说，去取了吧，给你父亲看病。我吓了一跳，本来我也以为母亲是骗父亲的，没想到母亲竟真的有私房钱，而且不少，竟然有一万多元。母亲似乎看出了我的疑问，轻轻地说，那是你父亲的私房钱，我在整理他的衣物时发现的，没想到你父亲自己还存了这么多私房钱，都快死的人了，到现在也不说。母亲沉默着，半天才叹口气，先给他治病吧，先别给他说。母亲的话包含着很多的凄凉和爱意，我看见眼泪就在母亲的眼圈里含着。

医生告诉我父亲快不行了，也许就是这两天的事。尽管对于父亲生命的终止大家都有思想准备，但是事到临头仍是禁不住的惊慌。有时候我望着父亲蜡黄的面孔，真想抱着他大哭一场。有时侯坐着坐着，眼泪就会止不住地流下来。有什么比亲人的离去更令人伤心的呢？

夜深了，我让母亲和弟、妹都回家了。我想也许只有我一直陪着父亲，才能减轻自己的悲伤。我给父亲喂了药，又给他梳理头发，父亲的

头发已经很少了，少得让人心疼。父亲一动不动，似乎沉浸在亲情的海洋中无法自拔。我真的想就这样一直下去，真的想挽留住父亲的生命。父亲咳嗽了一下，似乎有话要说，我站在他跟前，看着他微睁的眼睛。儿子，等了半天，父亲终于说，爹看着你们一个个长大我也就放心了，只是有一件事我放心不下。我走了，可是还有你娘。你娘这一辈子很不容易，我这一辈子欠你娘的很多很多，现在是来不及偿还了，以后，儿子，记着，要对你娘好，也算是你对爹的好。我不敢看父亲的眼睛，我害怕自己坚持不住会大哭出来。父亲又说，爹还有一件事，儿子，你记着，在爹的那件蓝色棉大衣里，有一点私房钱，原来是为你爷爷奶奶攒的，你爷爷奶奶没了后，是给你娘养老的，我怕自己走了以后你娘生活没有着落，所以，儿子，你记着，爹的病就这样了，那钱你一定不要动，现在也不要告诉你娘，等我走了，留着给你娘……

　　泪水不知道是什么时候流下来的，就那样一滴滴落在爹的头上。我真想把母亲喊来，听一听父亲的心声，听一听人世间这纯真的情感。可是父亲永远都不知道，他的那笔私房钱已经被母亲拿来为他看病了。

父亲的鞋子

父亲来看我的时候正是雨季，雨水断断续续地从囚室的屋檐上滴落下来，给我增加了无尽的惆怅。

在人头攒动的接见大厅，我寻找了很久，才在一个角落里发现了他的身影。他表情木讷，一双矜持的眼睛在人群里四处搜索，仿佛很焦急的样子。我喊了声爸，他才快步地向我走过来。

眼前的父亲比一年前苍老了许多，如果不是一时意气用事，我也许不是现在这个样子，而他也不必跑这么远的路来看我，看着他渴望的表情，我的鼻子一酸，一句话也说不出来。

父亲的手一直搓着，仿佛是一个做错了事情的孩子。他一直重复着"都怪爸爸不好，都怪爸爸不好"的话语，我从他的目光里寻找到了一种久违的亲情。

无意中，我看见了父亲脚上的鞋子，那是一双怎样的鞋子啊，用废旧的车胎做成的简易的橡胶鞋，鞋底是那种耐磨不易打滑的汽车外胎，鞋面两侧交叉紧箍了几圈汽车内胎剪成的橡皮带。露出了脚背和趾头，看上去既笨拙又不可思议。

我说，你怎么穿了这样的鞋子？

父亲拘谨地躲开我的目光，很久才说，进山采药，没来得及换。

我知道父亲肯定不是故意穿这样的鞋出现在我面前的，如果那天不是自己偷穿了他的那双皮鞋，他也许会穿得体面一些，可是那双鞋因为打架裂了口子，连我自己都不知道扔哪里去了。

我说，等我有钱了，给你买一双新鞋。

看你说什么话啊。他依旧躲闪着我的目光，我是真的没来得及更换的。

我知道他说的是真话，可是我宁愿相信他是在用另一种方式提醒着我。

下次来的时候，千万别再忘记换鞋了。想着他这样的一把年纪，还翻山越岭，我心里很不是滋味。

记得了。父亲依旧拘谨地垂下眼帘，然后说，钱已经还得差不多了，等你出去的时候，咱就没负担了，好好听人家的话，别再使性子。

我点点头，看着父亲忽然就白了的头发，深深的自责悄悄地涌上心头。

我开始攒钱，因为有一次抢活干还差一点儿跟另一个犯人打起来，我太需要钱了，父亲那双简易的鞋像一座大山一样压在我的心上，每次想起来，我的心都在隐隐作痛。

没进监狱之前，我常常会因为一些小事和父亲斗气，我听不惯他的一些说教，而他也处处看不惯我的行为，几乎成水火之势。没想到，在失去自由的这些日子里，我却越发地思念起他来。

钱攒得差不多的时候，我终于给父亲买了一双漂亮的旅游鞋，它比皮鞋轻，也比皮鞋软。这是我有生以来第一次给父亲买东西，只可惜有些晚了。父亲再次来看我的时候，我拿给了他。他惊喜地张大了嘴巴，仿佛不相信那是我亲手给他买的，激动的泪水从他的老脸上流下来。

父亲高兴地穿上了那双旅游鞋，又在大厅里走了几步，然后小心地脱下来。他说要回家再穿，好好地让村里的人看看。我懂得他的心思，在他看来，儿子给他买的已经不仅仅是一双鞋了，更多的是那种浪子回头的情意。

很久，父亲都没有再来看我，我一直挂念着他穿着鞋在村里走时的模样，我想，他该多么骄傲啊。也许他病了，或者路远顾不上来看我。

出狱的日子终于到了，我怀着期盼的心情想拥抱一下我苍老的父亲，可是回到家里，却找不到他的身影，墙上的一张黑框照片代替了所有的答案，我头一昏就跪了下来。

原来父亲穿着旅游鞋进山采药，在攀岭翻爬的山路上，不小心滑了一下，竟跌下了山崖。

在屋子的墙角，我找到了那双旅游鞋，邻居告诉我，曾经一度苏醒过来的父亲说什么也要大家保护好那双旅游鞋，他说那是儿子送给他的礼物，儿子回来看不见会着急的。

我点了火，在泪光中烧了那双旅游鞋，我想告诉父亲，我已经能够走好以后的路了。

小木箱里的秘密

　　小木箱是娘从父亲的大工具箱里面无意中找到的，小木箱上面挂着一把有些锈蚀的小锁头，看来已经很久没有打开了。

　　娘对着小木箱呆呆地发愣，后来说，我怎么从来就没有看到过它呢？里面莫非有你爹的什么秘密？我说，爹能有什么秘密啊？娘说，没有秘密他上什么锁啊？是啊，为什么上锁呢？我看着小木箱也不知如何是好。也许年代久远的缘故，小木箱已经很破旧了，从材质上看，也不是什么好木板，而且做工粗糙，估计是爹自己早年的作品。

　　娘说，打开它。

　　我说，还是等爹吧。

　　娘说，不能让你爹知道。

　　我说，爹的脾气，你也不是不知道。

　　娘不吭声了，在这一点上，娘和我一样，对父亲抱有一种畏惧的心态。小时候我多次领教过爹的脾气，他说向东，第二遍说完我还站着不动，他的拳头就要抡过来。我们打小都很"乖"，三十六计，打不过，躲得过，所以成年之后，我们兄弟很少和爹发生语言上的冲突，只有娘偶尔和他顶上几句，算是家里的一些小风波。退休后，爹的脾气有些收敛，有一次他和娘拌嘴的时候，我斗胆说了一句，这么大年纪的人了，都少说两句好不好？本以为爹会雷霆爆发，没想到爹不仅停了嘴，而且脸色也有几分的窘迫。那一刻，我忽然意识到，爹已经不可抗拒地老了。

　　爹参加工作之前是个军人，据他自己说是个孤儿，是吃百家饭长大的。爹总说，人这一辈子总有落难的时候，在你生活好的时候千万别忘了曾经帮你的那些人。爹的话我赞成，所以爹在知道了我资助了一个偏远农村的小学生后，曾对我赞许有加，说我有种。

　　现在，面对着爹的小木箱，我和娘陷入了种种的猜测之中。娘紧皱

着眉头，目光忧虑而焦躁。我想娘肯定比我更想知道小木箱里面的内容。

我说，不会是存折吧？

娘说，不会，他的退休金都在我这里呢。

我说，也许什么都没有。

娘说，肯定有东西，你不知道的。娘似乎话里有话。

我们决定把小木箱先放在显眼的写字台上，等爹回来的时候，再和他摊牌。我设计了好几种和爹摊牌的方案，甚至设想了最坏的打算，比如他的拳头挥过来的时候，我拔腿就逃。

晚饭的时候，爹看见了小木箱。爹的眉头皱了一下，这是爹不高兴的前奏。

爹说，你们怎么乱动我的东西。

我看看娘，娘看看我。

娘说，有什么东西不能乱动？谁知道那是你的东西？

娘的话很冲，似乎做好了吵架的准备。

爹张了张嘴，大概他没有想到娘会这样反问他。

不会是什么见不得人的事吧？谁不知道你年轻时的那点风流事。娘的话咄咄逼人，我真担心爹会暴跳起来。

我原来听娘说过，爹年轻的时候有过一个娃娃亲，后来因为战争失去了联系。

什么风流事，当着孩子，你也能说出来。

娘的话戳到了爹的软肋，爹就是怕娘提他的"风流事"。

不是就打开看看，还想瞒我一辈子吗？都七老八十的人了，有什么事不能说？

我吃惊地看着娘，在娘坚毅的目光里，我看到了一种强大的力量，这力量足以使爹屈服下来。

你啊你啊。爹一边语无伦次，一边去掏自己的口袋。

我想答案很快就要大白天下了。

屋子里静极了，静得可以听见我自己的心跳。母亲的眼圈红着，因为刚才的一番话，娘显然付出了极大的努力。

爹找了半天的钥匙，然后才慢慢地打开了小木箱。

没有存折，也没有什么信封，更没有什么"风流事"的证明。

你们看，好好看看，真是年纪越大越不像话了。

一颗子弹头，几枚军功章，一双老旧的布鞋，还有一个不大的红布包。

爹说，子弹是从我的大腿里取出来的。这鞋是我娘留给我的最后一双。那包，你自己看吧。爹的声音有些颤抖，他在努力地控制着自己的情绪。

我缓缓地打开红布包，因为时间太久，红布都有些发硬了。我看见上面用毛笔写了很多人的名字，在名字的后面，竟然是"两块红薯"、"一碗稀饭"，最少的竟是半块窝头。

我抬起头，碰到了爹的眼睛。在他慈祥的双眼里，我好像进入了时光的隧道，我什么都明白了。

爹说，就是这些东西，有什么可保密的？

刚才还激动的娘，现在已经安静下来，她看看爹，歉疚地低下了头。

可是我却明白了，小木箱的秘密其实就是爹的一块伤疤，这么多年来，他不想让别人知道，只想留给自己，在寂寞的晚年一个人疼。

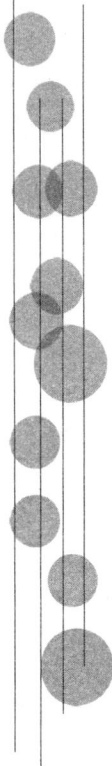

如果有来生

　　主持人的问题虽然简单，但是回答起来却很费脑筋，"如果有来生，你们还愿不愿意再做夫妻？"前两对夫妻都选择了愿意，轮到他们时，他看看她，她也看看他，在彼此的目光中并没有找到默契的答案，犹豫片刻，她说，我愿意。而他却摇摇头说，我想换一种生活。现场是片刻的沉默，之后是一些零零碎碎的掌声，他注意到了，鼓掌的大多是一些男士，对于这样的问题，他想多数人是不愿选择前者的，只是碍于大庭广众之下，违心地回答罢了。

　　她的脸色很快就变了，一层淡淡的霜敷上了她的面孔。主持人为了缓和气氛，问他，为什么这样选择呢？

　　他看看下面的观众，那么多渴望的眼神在凝望着他。他轻轻地笑了一下说，我想，她应该找到一个比我更好的丈夫。

　　观众的掌声比以前多了些，主持人也趁机打圆场道，原来你的答案在这里等着呢。

　　她的脸色依旧有些霜，只不过比刚才淡了些，毕竟是众目睽睽之下，有理智在那里控制着。

　　一路无话，回到家里，气氛更是有些冷，她不说话，他也不知道该怎样去说，干脆两个人谁也不说话。

　　说实话，他们的婚姻并不美满，结婚的时候一个男大当婚，一个女大当嫁，经人一说，就成了一个家庭。成家以后，他才知道她女大当嫁的原因是脾气古怪，一言不合便是一个月两个月的冷面相向。而她也是婚后才知道他男大当婚的理由是小气，把财权看的比什么都重要。他们吵过，也说过不知多少次的离婚，然而因为孩子，也就稀里糊涂地过下来，一晃就是三十年了。他曾想过，如果有来生，他一定不会再和她过一辈子。而她也思忖过，如果重新选择，她一定会找一个比他好的男人。

他们都没有想到有一天会上电视，而且会被问到这样的问题。她说愿意，其实她不怎么愿意。而他说想换一种生活，是他真实的想法。

他们的生活一下子乱了，原来还算平静的生活完全因为这一次的上电视被打乱了。子女们一边埋怨他说，我妈妈哪里不好了？一边又安慰她，妈妈，别怕，下辈子有我们呢。出门，一些左邻右舍的老爷们拿他找乐，看不出你还有想法呢，怎么着？吃着碗里的，还想着锅里的，想得美！而她也被一些老姐妹起哄，好好教训一下那老东西，别不知道东南西北了，他想跟别人过，没门！

夜里，两个人再面对时，就有些小心翼翼了，后来她干脆搬到另一间屋里睡了。

这样的结局是他所没有想到的，多多少少有一些后悔。干什么都有些恍惚，有一天出门，没躲开，被汽车扫了一下，盆骨骨折。

不能动了，他才看出她的好。不管接尿还是擦身体，她又恢复了以往生活中的表现。能动的时候，她扶他出门，上下楼，累得满头大汗，左邻右舍的邻居都说他，看你再没良心？他摸摸胸口，不知道自己什么时候没有了良心。

他想如果有来生，自己会改变原来的想法吗？

有一天他对她说，不要怪罪我，其实我没有别人说的那些想法，我只是想让你活得更好一些。

她不语，人能够有来生吗？不过是自欺欺人罢了。

盆骨好的时候，他突然接到电视台的采访电话，原来是一份调查，电视台的人说，参加电视节目的 99 对夫妻中，说如果有来生，还愿意做夫妻的 90 对中已经有 5 对离婚了，而 9 对说不愿意再做夫妻的，一对也没离婚，他们想成立一个课题研究小组呢。

放下电话，他有一些茫然，他不知道电视台为什么要研究这样的问题，愿意就是愿意，不愿意就是不愿意，何必弄得这么复杂呢。

逆 爱

七爷是个匪。

七爷原来不是匪。有一年，因为地主逼债，娘上吊而死，七爷就红了眼，趁一个月黑风高之夜，杀了地主一家，然后就上山当了匪。

当匪的日子，七爷很快活，这是一种和原来完全不一样的生活。没吃的了，就去抢，没花的了，就去夺，要酒有酒，要肉有肉，要女人也有女人。

桂花就是在一次抢劫中，被七爷掳上山的。

桂花吓坏了，瘫在轿子里。七爷说，你不要怕，被七爷看上，是你的福气。

桂花是大家闺秀，读过书，也见过世面。刚开始只是被吓蒙了，镇静下来后，她抱定了拼死的念头。

桂花漂亮，尤其在灯光下，更有夺人魂魄之感。七爷看傻了，觉得桂花是他见过的最漂亮的女人了。他想，拥有了桂花，这辈子也就不白活了。

但是桂花不从，桂花说，你敢动我一下，我就撞死给你看。

七爷被桂花的气势迷住了，他觉得越是这样的女人，对他越有吸引力。

为了脱身，桂花想尽了办法，无奈七爷看得紧，桂花寸步难行。

有一天，桂花说，让我嫁给你也行，但你必须答应我一个条件。

七爷说，请讲。

桂花说，你必须明媒正娶，否则我宁死不嫁。

七爷拍拍腰间的枪说，这好办，你定日子。

桂花说，我要先回家见一下爹娘，然后再跟你们回来。

七爷说，好办。

选了一个艳阳高照的日子，一伙人浩浩荡荡地下了山。桂花的爹娘先得到了消息，既高兴又忧愁，高兴的是女儿还活着，忧愁的是女儿要

嫁给一个土匪了。

就在一家人喜忧参半忙活婚事的时候，村外忽然响起了枪声。七爷的一个手下慌慌张张地跑进来说，日本鬼子已经把村子包围了。

所有的人都慌张起来，情急之下，七爷一拍腰间的手枪，大声道，有七爷我在呢，弟兄们掩护，让桂花他们先撤。

桂花看着豪情万丈的七爷，心里莫名其妙地动了一下。

七爷说，桂花，你赶快走，如果咱们有缘分，那就打跑了鬼子我再去找你，如果没有缘分，也许就见不着面了。

桂花半信半疑地看着七爷，没想到却是这样的结果。

七爷拔出了腰间的枪，他大手一挥，高声说，弟兄们，保家的时候到了，我们土匪也是爱国的。

桂花凄婉地看着七爷，忽然说，你要小心。

七爷怔怔地看了一眼桂花，一股暖流忽然涌上心头，这就是爱情的滋味吗？可惜它来得太晚了。

我们走！七爷挥了一下手臂，带着人冲了出去。

没过多久，村子里已是枪声一片。

桂花跟着父母还没跑出去，就被鬼子围了回来。他们都被赶到村西空旷的一块土地上。桂花眼尖，一眼就看到了被五花大绑着的七爷和他的几个弟兄。桂花的心一下子提上来。

七爷的半边脸上都是血，好像是受伤了。

一个指挥官一样的鬼子拿着战刀，来回巡视着人群，后来忽然回身一指七爷说，你的投降的有！

七爷怒目圆睁，脸上的血还在往下滴答。

只要你投降了，吃香的喝辣的，皇军是不会亏待你的。

去你妈的，七爷冲着指挥官吐了一口唾沫，别看老子是土匪，可老子活是中国的人，死是中国的鬼，让老子投降，痴心妄想！

桂花看着七爷，没想到一个土匪竟然还有这样的骨气。

死啦死啦的有！统统的死啦死啦的有！指挥官气急败坏，挥舞着手里的战刀。

七爷死了，七爷手下的几个弟兄也死了。

但是桂花和大部分的乡亲都活了下来。

桂花一生未嫁。她说她已成过亲嫁过人了。

敬 礼

夏天的时候，父亲忽然打来电话，说，你能回来一趟吗？你全志叔的坟找到了。父亲的声音很平淡，可是在他平淡的语调背后，我却感到了他有意的克制。

怎么找到的？我吃了一惊。李全志死于解放战争年代，埋在哪里根本无据可查。这么多年，父亲一直都在寻找，可每次都是失望而归。

父亲说是他的一个战友在一个旧物市场发现了一本解放战争年代的战士阵亡名录，而上面恰巧就有父亲所在部队的番号，顺着那些番号和相关的记录，父亲的战友看到了李全志的名字，并按图索骥，找到了李全志的墓地。

父亲说，你回来吧，我们一起去给他上个坟。

我说，等等不行吗？我这一段时间正好有业务。

父亲说，不行，你要是可怜你爹，就回来一趟。

父亲一直就这么个脾气，逢年过节，他总要打电话说，你要是可怜你爹，就回来一趟。他有什么可怜的，不过是年纪大了一些，就有了资格。

小时候父亲对我一直宠爱有加。我说想骑在他的脖子上玩，他不管多累也会高兴地满足我。邻居家有棵杏树，每年麦收时节，我说想吃杏，他二话不说厚了老脸去央求邻居，弄得邻居老大不愉快。有一次他无意中听到别人说我姓李不姓张时，他竟然跟人家翻了脸，如果不是有人拉着他，那人肯定是少不了一顿拳脚的。

我记得母亲去世前夕，曾拉着父亲的手依恋地说，儿子就交给你了，我这一辈子算没有白活。母亲还想说什么，却被父亲用眼神制止了。父亲一手拉着母亲的手，一手抱着我，他的泪水滴在我的脸上。父亲说，你放心地去吧，只要我还有一口气，我会继续去寻找他的。

一晃儿，十几年过去，我大学毕业参加了工作，现在已经是一家企业的管理人员了。平时父亲总是有意无意地嘱咐我，如果有时间就帮他找找李全志，可是我那么忙，根本就无暇顾及到这些，没想到，李全志竟然被他们找到了。

我请了假，然后打点行装，我不得不可怜我爹。

七月的天气，到处流火，当我一身汗水地赶到家里的时候，父亲已经在等着我了。我看着有些陌生的父亲，不知道他怎么会把多年前的旧军装翻出来穿在身上。

我说，天这么热，明天再去吧。

不，父亲说得很坚决，今天就去。

我奇怪地看着父亲，汗水已经把他的旧军装弄湿了一大片。

李全志的坟地距我们村庄很远，如果不是有堂兄的汽车，在这样的天气，我真担心父亲会中暑。父亲一直说着没事，还不时地正正自己的军帽，仿佛在赶赴一场严肃的约会。

车在一处长满野草的土坡前停下来，如果不仔细分辨，根本不会知道在这些绿色的野草中间还隐藏着这么多的秘密。显然那些地方被重新整理过了，草清了，坟头新了，还立了碑，说不定用不了多久，他们就会被迁移到烈士陵园。

父亲一看见那些坟头，眼圈就红了，我知道他内心的伤痛，在这样的时刻，说什么都是多余的。

我曾在父亲的日记中读过他和李全志的生死友谊：战斗很艰苦，双方都杀红了眼，连枪管都红了。我被击中了腹部，躺在地上不能动弹，当一颗炮弹飞来的时候，李全志奋不顾身地压在了我的身上。我在爆炸声中昏了过去，当我醒来的时候，已经在一个临时的救护所了。此后，我再也没见过李全志，战友们都说李全志牺牲了，但我不相信，我想他一定还在战场上……

在李全志的坟前，父亲说，儿子，你跪下。

我诧异地看看父亲，在他不容违抗的目光下，我跪了下来。

父亲说，老弟，我把你的儿子带来了，你睁开眼睛看看吧。

爹，我扭转头疑惑地看着他。

他才是你爹，父亲用手指着李全志的坟，他才是你真正的爹。

我的大脑轰地一下，仿佛有什么在耳边炸开了。

儿子，给你爹磕头。

我一边磕头，一边悄悄地流眼泪，这么多年，我一直都没有发觉过父亲的异样，他爱母亲，也爱我。可是在他的心里，却一直埋藏着这样的一个心愿：帮我找到我爹。

我的任务终于完成了，老弟，我可以放心地去看你了。父亲对着坟头行了一个标准的军礼，他苍劲的动作点燃了天边的红霞。

我对着父亲也敬了一个庄严的军礼。那一刻，苍山如海，残阳如血。

红布包

　　娘病重的时候，曾把她喊到床前，一手拉着她，一手颤抖着从枕头下面摸出一个红布包。娘说："我走的时候，如果他们三个人来了，就当着他们的面打开，如果不来，你就到娘的坟上把它烧了。"红布包很轻，也很旧，用手捏捏，似乎有一层薄薄的东西。她疑惑地看看娘，不知道娘葫芦里装的什么药。娘说："按娘说的去做，要不娘死了都不会瞑目的。"

　　她是娘的养女，确切地说是娘在马路边捡了她。娘原来有三个儿子，生活本来就很困难，捡了她之后，家境就更加捉襟见肘。娘为了养活他们兄妹四个，不知道吃了多少苦受了多少累。本来娘的晚年应该是颐养天年的，可是随着三个哥哥的相继成家，又分家另过，谁赡养娘就成了问题。开始三个哥哥还碍着情面，让娘三家轮流住，后来就都有些不耐烦了，直到有一次她回家看娘，在娘自己寒冷的小土屋里母女泪眼相对时，她才下决心把娘接到自己的家里来。她说："娘，跟我走，看离了他们咱能不能活！"娘有顾虑，怕别人说儿子们的闲话，怕她的男人有意见。直到后来她的男人也出面了，娘才含着眼泪答应了。走的时候，娘坐在牛车上，眼睛一直向后面瞄，可是她什么也没有看到。

　　处理娘的后事的时候，三个哥哥都及时地出现了，因为丧葬费的问题，三个哥哥还争执了一番，后来她看不过说："你们不用争执了，娘留了一些东西给我，大概够用的了。"她说得轻描淡写，可三个哥哥却几乎异口同声地说："什么东西？拿出来大家看一看？"她说："娘说了，谁给她送终，那些东西就给谁。"他们都不争执了，平均制，三个人谁也不多谁也不少。

　　娘的丧事办得很体面，看着三个哥哥很投入地忙里忙外，她仿佛出了一口恶气，如果不是为了顾及他们的脸面，她根本就不想让他们进入

自己的家门。丧事办完了，红布包的秘密也该打开了，三个哥哥都急着催她赶快拿出来，而她也想知道里面的秘密了。在这之前，虽然有好几次她都想打开看一看，但是一想到娘的嘱咐，她也就忍住了。现在，她从柜子里拿出了那个红布包。大家都屏住了呼吸，尤其三个哥哥，都伸长了脖颈，眼珠子都快直了。

红布包打开了，不是存折，也不是什么财宝，而是一份简单的账单。

她的目光在三个哥哥渐渐苍白的脸色上一一扫过，他们曾经是她的亲人，可是现在却已成了陌路。

账单上的内容，大致是分家都十多年了，大哥给娘的生活费是 100 元，二哥 50 元，而三哥分文未给。

父亲还债

　　我和父亲是在晚上八点到达县城的。刚走出站台，父亲就说，你哥来接咱们了。我张望了半天，也没有看见哥哥。我说，哥哥在哪儿啊？那不是吗？父亲用手指了指前面。我又仔细地瞄了半天，才发现原来不远处冲我们挥手的那个人就是哥哥。

　　哥哥显然很高兴，他一边从父亲的手里接过行李，一边对我笑了笑。我又看见了那熟悉的笑容，可是我刚笑了一下，就凝住了。我忽然发现哥哥出乎我想象得老了，其实用"老"来形容显然是过分的，可是我的三十五岁的哥哥真的老了。

　　哥哥的头发很乱，显然是骑车的缘故。他的脸很黑，是那种健康的黑色。而最令我惊讶的是他的门牙，竟然缺了一颗！

　　我说，哥，你的牙呢？

　　不小心碰掉了，哥哥不好意思地笑笑。

　　哥哥是骑了电动三轮车来的，很早以前，父亲就曾告诉我，在农闲之余，哥哥会在火车站拉客人，挣点零花钱。

　　家只是陌生了一会儿，就是原来熟悉的家了，母亲的笑容，嫂子的笑脸，还有小侄子天真烂漫的稚声，当然还有父亲，虽然只是离开一个多月，父亲脸上那种到家了的感觉显然在城里是我没有看到的。

　　我说，我哥老了，刚才差一点认不出来了。

　　父亲不说话，他默默地抽着我给他买的"红塔山"，脸上已没有了刚才的笑容。

　　老点有什么了，可是我的心是年轻的。哥哥缺了一颗牙的笑容好像缺失了点什么。

　　其实到现在我也不承认我比哥哥强到哪里去，他从小就一直是我的学习榜样。他考全县第一名的时候，我还穿开裆裤乱跑呢。而他当少先

队大队长的时候，我才刚刚走进校园。只是在考高中的时候，正赶上村里分地，哥哥没有发挥好，落榜了。后来父亲说，鸡窝里飞不出金凤凰，也别费那股子劲，种地得了。哥哥长吁短叹了好几天，后来他把那些课本放进一个大纸箱里，算是了结了过去的一段时光。

而我就不同了，虽然时隔几年之后，我也像哥哥一样没有考上县里的重点高中，但是我坚持要上学的信念，并和哥哥顺利地说服了父亲。我又复读了一年，转年顺利地考上县高中，三年后一举中第，我成了家里的金凤凰。

我清楚地记得那时父亲掉泪了，眼泪代表了一种幸福，一种骄傲。而那时的哥哥也是高兴的，可是在他幽暗的眼神里，我却明显地看到了他的失落和焦躁。

现在我已参加工作好几年了，并在省城有了自己的房子，这次带父亲去看了省城的世界，父亲算是开了眼界。

父亲说，外面的世界就是好啊。

我说，那你们也搬过来一起住吧。

那你哥嫂，还有孩子怎么办？

你看你都多大的年纪了，不用替他们着想了。

活一天就得想一天，谁让我生了你们俩。

我默然。我知道再争论下去，父亲也是不会轻易服输的。直到现在谁要是和他当面说起哥哥上学的事情，他还是一卜楞脑袋：人的命，天注定，老大就是种地的命。

有一次哥哥对我说，你说咱们家要是出了两个大学生，咱爹会是什么样子？我说，还不得高兴疯了。哥哥说，你错了，要是真出了两个大学生，得把他累死。我看着一脸平静的哥哥，他的思路的确与众不同。

但是现在，哥哥"老"了，尽管他不承认，但是在我面前，他永远会有一面镜子。

父亲也老了，他的固执变成了沉默，他的目光越过那些玉米地，他看到了另一个世界，那个世界让他心事重重。

我在家里待了一个星期，要不是哥嫂的尽力挽留，我可能早就返城了，虽然这里曾养育了我，但是我知道，自己的世界在外面。

临走的前天晚上，父亲忽然神情凝重地喊住我，说，你跟我来。在没人的房屋后面，父亲垂下眼帘，对我说，老二，爹想求你一件事情。

父亲的声音很小，小到我用心才可以听出他一辈子头一次用一个"求"字来跟他的儿子说话。父亲重重地叹了口气，说，你以后能不能在城里给你侄子找个学校，这是一万块钱。父亲费力地从口袋里掏出一个红布包。这事我和你娘都商量好了，先别让你哥知道，你也别说当爹的偏心眼，你哥这辈子就这样了，可你侄子不能够再这样了，也算是爹还你哥的债了。

我看着父亲苍老的脸颊，心里忽然涌起一阵热浪。我把钱又放进了父亲的口袋。我什么也没说，只是重重地点了一下头，又点了一下头。

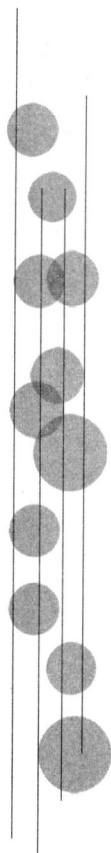

寻 找

　　路不太好走，这是他没有想到的。孙子大虎一路眉头就没展开过，最近小伙子工作上出了点差错，被领导点名批评外加扣奖金，大虎心里一直不服气，嚷嚷着要辞职另找工作。

　　这破路，大虎嘟囔一句。小伙子开车的技术还不错，左闪右挪的，少了许多的颠簸。

　　想当年，爷爷在这里打鬼子的时候，还没这路好呢。

　　哎呀，爷爷，就别提你那些老皇历了。

　　什么叫老皇历？忘记历史就意味着背叛。

　　什么历史啊？怎么跟我们领导说话一个腔调。

　　那说明你们领导是对的。

　　都什么年代了，还老抱着那点历史不放。

　　没有那段历史，怎么会有现在？

　　好了，不说了，反正也说不过你。

　　他摇摇头，然后把目光转向车外。

　　两天前，他接到这个县民政部一个战友儿子的电话，说在一个偏僻的山坳里发现了几具白骨，根据一把生锈的战刀，判断死者可能就是他要寻找的杨排长。

　　路边是一片开阔的庄稼地，那些绿油油的青纱帐给他一种似曾相识的感觉。当年他们就是靠着这样的庄稼地和敌人周旋。现在，庄稼依旧，而时光却一下子把他送进了古稀之年。他做了一个深呼吸，似乎又闻到了那时的硝烟。

　　那是 1943 年 8 月的一个晚上，因为腿部负伤，他被老乡掩藏在崖畔边的一个石洞里。杨排长和战友们在西面山梁上，掩护着数以千计的后勤人员分头突围。忽然，一股敌人从侧面冲出来。杨排长见形势危急，

毫不犹豫地带着几个战士冲了上去。这一去，就再也没有回来。解放后，他曾多次寻找，却都失望而归。这些年，寻找杨排长成了他晚年的一个心病。如今就要见到昔日的战友了，尽管阴阳两隔，可是能让他们魂归故里，也算满足了他多年的一个心愿。

车在一处山坡下停下来，战友的儿子已经在那里等候了，简单地寒暄过后，战友的儿子说，因为刚刚发现，现场还保留了原样，这样有利于您的辨认。他说好好好，因为激动，差一点绊倒。

他仔细地辨认了一下地形，记忆是清晰的，可现实却是模糊的，这么多年的风吹雨淋，已经让一切都变得面目全非。不过从地形上看，依稀有当年突围时的影子。

在一处低洼的山脚，他看到了那几具白骨，卧着的，坐着的，还有趴在地上的。累累白骨，掩藏了多少不堪回首的往事啊。

大虎惊呼一声，竟吓得不敢再向前走了。

他看一眼大虎，似乎不满意小伙子的表现。

战友的儿子递给他一把生锈了的战刀，因为腐蚀，那把战刀已经变得很轻了，薄薄的刀刃似乎用手一戳就能够穿透。刀身上的字迹虽然年代久远，却仍能模糊地辨认：一刀。大家都紧张地注视着他，似乎想从他的表情上判断出答案。捧着那把战刀，他的耳边又想起杨排长那大声的呼喊：二班掩护，一班跟我来！他们去哪里了？难道就是把敌人吸引到这里？他清楚地记得杨排长是有一把宽背大战刀的，可是这把"一刀"，显然不是杨排长的，他陷入了困境当中。

是杨排长他们吗？战友的儿子谨慎地问。

他摇摇头，杨排长的战刀比这把要宽，上面有他的名字：杨战风，而这把不是。

战友的儿子有些失望地看着他，如果不是，那我们就把他们移到烈士陵园了，从现场残留的遗物上看，他们肯定是我们的战士无疑。

他点点头，他们总算找到大部队了。想一想这么多年，他们一直在这里保持着这样的姿势，他的泪水不由得流了下来。

爷爷，大虎轻唤一声。这么多年，小伙子还是第一次看见爷爷掉眼泪。

来，让我们送他们回家。他抬起右手，敬了一个标准的军礼。

所有的人都举起了右手。

回去的路上，车抛锚了。大虎懊恼地踢踢汽车的轮胎，说，爷爷，

你呆在车里别动，我去找找修车铺。

好在这里离镇子不远，他闲着无聊，就下了车。看着路边那些绿油油的庄稼，他想，如果杨排长他们还活着，也该儿孙满堂了。

就是在这时候，他看见了不远处有一座不大的建筑物，从外形上看，应该是一座庙宇。

沿着田埂，他小心翼翼地走过去，近时，才发现，那建筑物的确是一座庙宇。庙宇不大，里面飘着淡淡的烟雾，看来还算旺盛。

这地方怎么会有庙宇呢？他正奇怪着，却忽然发现，在那座庙宇的一边，竟然有一个八角亭。在亭的中间，矗立着一块石碑。

可能因为时间久远了，碑面上的字迹都有些模糊了，但是碑身最上面的几个大字还是让他吃了一惊：抗日英雄纪念碑。他的脑海里一片空白，这么多年，他竟然不知道这里还有一块抗日烈士的纪念碑。

他抚摸着石碑，将那些名字细细地看下去，他想也许会发现杨排长的名字呢。

可是，没有。在石碑的最下面，记载着发现石碑的过程，原来是一次施工的偶然发现

他四处寻找了半天，然后采集了一些不知名的白色的小花，恭恭敬敬地放在石碑前。

大虎找到他的时候，天色已经暗淡下来，小伙子急出了一身汗。爷爷，你怎么到处乱跑！

我找到了他们。

谁？大虎惊诧地看着他。

杨排长。

大虎围着石碑转了一圈，说，上面的字迹都看不清楚了。

不用找了，他淡淡地说，他就活在这块土地上。

回去的路上，大虎说，爷爷，还是把你过去的那些经历写一写吧，要不以后就没人知道了。

他笑笑，你来帮爷爷写怎么样？

好啊。

那可都是老皇历了。

爷爷，你就别再拿我开玩笑了。

他笑笑，历史，总是不会被忘记的。

一封没有发出的信

雨渐渐地密起来，打在脸上凉丝丝的。

我停下脚步，回头看看他。

他的头发已经湿了，贴在额头上，看上去像是刚洗过脸。

我说，你回去吧。

他抬头看看我，抹一把脸说，不急，你娘说了，送你过了这座山，我就回去。

我知道他是固执的，认定的事就很少有更改的时候，但是要爬过这座山，对于一个在雨中腿又有点跛的老人，好像是一件很残忍的事情。

他背了我的铺盖，臃肿的铺盖与他消瘦的身板形成了鲜明的对比。本来我要背的，可是他抢过去就再也没松过手。这次出门打工，我本想一个人悄悄走的，可是当我打开屋门，却看到了站在门外的他和母亲，我既有点惊讶，又有点心虚。我低了头，想绕开他们，可是却被母亲叫住了。母亲说，顺子，叫你叔送送你。我斜了他一眼说不用。他似乎想笑，可是又没有笑出来，只是嘴角动了一下。母亲说，你这孩子，怎么这么不懂事，你叔送送你又怎么啦，还能吃了你不成？其实我懂得母亲的意思，自从母亲和他住到一块之后，我就想离开这个家了。而他们所做的这一切不过是想获得我的同意而已，可我，一想起死去的父亲，就硬了心。

说起他，我一点也不陌生。如果没有这一切事情的发生，我可能还会像原来那样亲热地喊他叔叔。我从小就跟在他的屁股后面上树掏鸟下河摸鱼，可以说我是他看着长大的。他年轻的时候曾娶过亲，后来不知道什么原因媳妇跑了，他就独身，一直到现在。

此刻，看着他的样子，我既有点心疼，又必须硬起心来做个不妥协的样子。

雨稍稍小点的时候，山顶也到了。他粗粗地喘着气，脚上沾满了黄泥。

他停下来，小心地看看怀里的铺盖，好在铺盖并没有湿多少。我不

送你了，他说，你娘说了，一个人在外要注意身体，到了之后要先给家里打个电话，太苦太累就回来。

我斜他一眼，不吭声。

他又说，在家靠父母，在外靠朋友，出门要交可靠的朋友。

我不吭声，他把我当小孩子了。

他还说，我知道你恨我，可是你还小，根本不懂大人的事情。

我说，你还有事吗？我伸手要我的铺盖卷。

他的脸色一变，像犯了错误的小孩子一样一下子止住了话茬。稍倾，他又小声地说，要恨你就恨我，这不管你娘的事。

我扯过铺盖，转身就走，我已经不想再与他浪费过多的时间了。

等等，他追上来，摸摸索索地从口袋里掏出一个塑料包。这是五百块钱，自己路上买点吃的，他拉住了我的胳膊。

我说，我有钱，我自己的钱还花不完呢。我甩开他的手，两个人开始撕扯起来。

忽然，他停住了手，似乎有些恼怒了。你这孩子，怎么这么固执，你说，我哪里做错了，你说！

我惊愕地看着他扭曲的脸，长这么大，我还从没看他着急过。

你哪里错了你自己知道，我嘴硬着。

我知道什么？别以为自己有什么了不起，你懂得老人的心吗？这五百块钱，你爱要不要！他狠狠地把钱摔在我的铺盖卷上，然后扭头就走。

他的全身已经湿透了，衣服贴在身上越发显出他的消瘦。我盯着他的背影不知道该不该追上去。

突然，他一个趔趄，稳了两下没有稳住，便顺着山坡滚了下去，他努力地挣扎着，许久才在一个斜坡处停了下来。

我张大了嘴巴，疼痛忽然间传遍我的全身。

顺子，我没事，你走吧。他摇摇晃晃地站起来，冲我挥挥手。

泪水就那样不争气地涌出来，我抓起他的钱，还有铺盖卷向另一面山下跑去，我想哭，我更想叫，我的胸口被什么堵塞着，憋闷着。

我在一棵树旁停下来，抖抖地从贴身的口袋里掏出那封早已写好的信，我本想到城里就寄给母亲的，可是现在，我把那封信撕得粉碎，然后像蝴蝶一样扔向天空。

信并不长，其实只有一句话：娘，如果你和他成亲的话，我就永远不回去了。

恼人的风扇

上午，老大来了，手里还提着一个半新的电风扇。

老大已经很久没来他的小屋了，自从他搬到这儿以后，儿子就像失踪了一样，即使是他想儿子的时候，也只是站在远远的地方看看儿子的身影。他不想打扰儿子，他怕儿子丢过来的冷冷的眼神。

老大站在他的小屋里环视了半天，才说，爹，你这屋里该安个电风扇了。

他有些受宠若惊地看着老大。老大已经很久不喊他爹了，现在，老大的"爹"让他心里暖烘烘的。

我都这把老骨头了，还安什么电风扇？他凝望着老大，不知道这太阳怎么会从西边升起来。

这不有现成的吗？老大提提手里的电风扇。

他认识那个电风扇，那是老大屋里的。他在老大家住的时候，还吹过那个电风扇的风。

老大看了半天，在选好了位置以后，就开始安装了。他看着老大的身影，不知道是阻拦，还是让他继续干下去。

电风扇安装好了，老大试了一下，因为有了风，小屋里不再像刚才那么闷热了。

老大说，别省着，该用的时候就用。

他嗯着。其实自从搬到这个小屋，不管是夏天还是冬天，他已经感觉不到大自然的冷热了。再说了，这么一把老骨头了，哪里还讲究什么冷热？

老大安装完了电风扇却不走，脑袋从这边转到那边，又从那边转到这边。

他想老大肯定是有什么事了。

终于，老大咳嗽了一声，眼睛看着地面，有些吞吞吐吐地说，家里装空调了，大虎又要去外地上高中，手头紧张了。

他明白了，老大这是跟他要钱呢。

可是他没有钱啊，他已经种不动地了，连粮食还是自己去地里捡来的，这个老大！

他没有吭声，其实是不知道说什么好。

老大看他不说话，在犹豫了半天之后，又吞吞吐吐地说，你前天不是刚卖了一大堆破烂？

气往上涌，他觉得眼前一黑，差一点就要倒下去。

那些破烂是他捡了一个夏天才攒起来的，要不平时连买药的钱都没有。即便这样，也只是卖了百十来块钱。

老大看着他，好像要从他的脸上看出钱来。

他有些乞求地看着老大，但他知道老大的脾气，不达目的，是不会罢休的。

他回转身，从用砖支起的简易的"床"上的被子下面，摸出一个脏旧的手绢来，他的家当全都在这里。

打开手绢，那零散的毛票像受了惊吓一样飞散开来。

老大凑上来，一把抓起那些毛票，连犹豫一下都没有。爹，我走了，电风扇你好好用。

老半天，直到听不见老大的脚步声了，他才站起来。他抬头看看电风扇，不知道是老大安装的不牢，还是电风扇本身太重了，那个电风扇竟然有些摇摇欲坠。他真想让那个电风扇掉下来，就现在，砸在他的头上，只有这样，他才会眼不见心不烦了。

下午，他买了一盒烟，请了村里的电工把电风扇卸了下来。其实他也不是不想用，一是电风扇没安装好，随时都是个隐患。二是他用不起，村里的电费又涨价了，为了那点电费，可能捡一个夏天的废品都不够。

电风扇卸下来了，他的小屋里又恢复了平静，老大一时半时是不会来了，他躺在简易的"床"上，想了半天也没有理出个头绪，他不知道下一次去哪里卖废品才能躲开老大的耳目。这个世界，要想安安静静地活到老，太难了。

英　雄

清明节前夕，爸爸给乡下的奶奶打电话，乡下的奶奶说，今年就不用回来了，有些事奶奶一个人就都办了。爸爸说，那怎么行呢，即便是我答应，虎子也不会答应啊。乡下的奶奶说，那你们就来吧，其实我也想虎子了。

虎子不是别人，就是我，不算今年，我已经是第四次回去看望乡下的奶奶和叔叔了，一想到乡下奶奶的小院，我的心里就有一种说不出的向往，我知道，那是我另一个意义上的家。

回去那天的阳光很不错，春风已经把田野吹出了毛毛绿。老远，我就看见了站在村口的奶奶，我大喊一声，像一只脱了缰的小马驹，奔向奶奶的怀抱。

乡下的奶奶流泪了，她喜悦的脸庞上堆满了皱纹。这样的时刻，无论是奶奶、爸爸，还是我，都是幸福的。

乡下奶奶的院落不是很大，有一年下雨，西边的院墙还倒掉了，本来乡下的奶奶是想等当兵的叔叔回家修砌的，可是叔叔没有等来，却等到了爸爸。那一次，爸爸很卖命，他拦住了所有想帮奶奶修墙的乡亲们，一个人忙活了两天，虽然墙修砌得不是很好，可是爸爸却累虚脱了。乡下的奶奶说，你这又是何必呢？爸爸说，只有这样，我的心才能安慰一些。

现在，爸爸修砌的那堵墙还好，上面爬满了干枯了的牵牛花的叶蔓，一株枣树探出墙外，似乎在等着我们的到来。

乡下奶奶的房子已经很旧了。前几年，叔叔牺牲的时候，政府准备出资为乡下的奶奶翻盖一下老房子，却被奶奶拒绝了。奶奶说，我这么大年纪了，房子还能用，没那个必要了，如果政府真的关心我的生活，那么就请你们把村里的小学修一修吧。乡下奶奶的请求让政府派来的人

很不适应，但村里的小学还是被重新翻盖了，开学典礼那天，校长请奶奶去看新校园，在那宽敞的校园里，乡下的奶奶落泪了，她对那些围过来的小学生们说，孩子们，要好好珍惜现在的生活啊。学校是以叔叔的名字命名的，我去过一次，还在学校的门口留下了一张珍贵的照片。

后来，爸爸也想为乡下的奶奶盖一座新房子，可是奶奶依旧没答应，爸爸于是就产生了带乡下的奶奶去城里居住的想法，乡下的奶奶也没有拒绝，但只在城里住了五天，就想回去了，说晚上睡不着觉，一闭上眼睛就想叔叔。乡下奶奶的话让我们无话可说，爸爸只好把乡下的奶奶送回来。

爸爸常常给乡下的奶奶买很多的东西，但那些东西，是吃的都被她分给了左邻右舍，如果是穿的，就捐赠出去。前年爸爸曾给乡下的奶奶买了一件上好的羽绒服，但乡下的奶奶只穿了一个冬天就送给了一个五保户老人，说穿那样的衣服干活不方便。我们都知道那是奶奶的借口，在这个世界上，我觉得再没有比乡下的奶奶更倔强的人了，但大家都无法改变她，只好改变自己。

我没有看到过生前的叔叔，乡下的奶奶常常向我描述叔叔小时候的样子，说那时的叔叔爬墙上树，摸鱼捉鸟，无所不会。等长大了，就变得不怎么爱说话了，但心肠好，碰上邻居有什么帮忙的活儿，总是不惜体力，村里的人都很喜欢他。顺着乡下奶奶的目光，我能够看见那时的叔叔，他有一双明亮的大眼睛，有一颗善良的心肠，他威武的身影常常走进我的梦中，让我流一梦的泪水。

叔叔是个英雄，他死于一次探亲回家的路中，因为两个落水儿童，叔叔一去就再也没有回来。叔叔的事迹感动了那个小城所有的市民，他被大家称为英雄。白发人送黑发人，悲痛自不必说，后来政府遵从乡下奶奶的意愿，把叔叔安葬在了老家，因为在那里，乡下的奶奶说可以时常地去看一看儿子。

我和爸爸这次回来的目的主要是给叔叔扫墓，其实即便我们不回来，乡下的奶奶、还有那些乡亲也会把叔叔的墓地扫得干干净净的，但是爸爸说，心里不踏实。

清明这一天，天气晴朗，空气中已经有了麦苗的味道，一路上，我们无语，爸爸一手扶了乡下奶奶的胳膊，每年他都是这样的姿态，这样看上去，他们更像是一对母子。

　　叔叔的坟在离村落不远的田野里，政府给叔叔立了一块墓碑，每年叔叔的坟头上总有不知姓名的人送来的鲜花，现在，叔叔的坟地不知道被谁扫过了，干干净净的，没有一点杂尘。

　　乡下的奶奶把爸爸买来的鲜花一一摆放在叔叔的墓碑上。整个过程，她的表情肃穆、慈祥，没有一点悲伤。她说，儿子，你哥和你侄子又来看你了，你看看，你侄子已经有你那么高了。爸爸说，给你叔鞠个躬吧，我点点头，然后恭恭敬敬地鞠了三个躬。透过水泥地，我似乎可以感受到叔叔的生命，正一点点传输到我的身体中。

　　说到这里，可能大家都明白了，乡下的奶奶不是我的亲奶奶，叔叔也不是我的亲叔叔，可是自从叔叔救了我，我们就成了一家人。

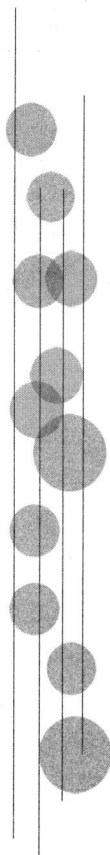

娘要回家

"十一"还没到的时候，娘就告诉他，自己想回一趟老家，如果他有时间，就陪她一起回去。

娘六十五岁了，明年就六十六了。老家有讲究，说六十六岁的人回老家不好。娘还说，自己的腿脚一年不如一年了，再不回去也许就永远回不去了。娘下定了决心，说不能再等了，回家看看就是死了心也踏实了。

他知道娘的心思，娘在老家生活了三十多年，对老家的一草一木都有感情。娘总怕自己回不去了，其实回去了又能怎么样呢？

他没有吱声，他实在是有苦难言。娘看出了他的犹豫，就说，你要是请不了假，娘就自己回去。他说，不能再等等了吗？我单位正好有一笔业务。娘说，不能等了，再等娘就走不动了。他说，那么远的路，你自己怎么能行？娘说，不要紧，我以前走过的。

他还想说什么，可是连他自己都觉得很苍白了。他看看满头白发的娘，心里忽然很疼很疼。

他打了车送娘去火车站，娘背了一个皮包，本来他说别带那么多东西了，可是娘说，总得带点孩子们吃的东西吧。他没再劝说下去，他怕自己的心承受不住自己的话语。只是说那边我都安排好了，叔叔会去接你的，到了给我打个电话。娘说，不用担心，我又不是小孩子，你自己也要照顾好自己，工作上的事情该放放就放放，晚上也不要老熬夜写东西了，你看看电视上累死了那么多的名人，咱不求什么了，只要平安就好。他听着，心里像有什么扎着，他忽然想起一本书上说的，世界上最关心你的是母亲，最疼爱你的还是母亲。想想自己，他真想给自己一个耳光。

娘上了火车，他招招手，列车的远去并不能消减他内心的惆怅。他想抽根烟，从上衣口袋往外拿烟的时候，他忽然触到了几张硬硬的卡片，拿出来，他看了看，那是几天前托人买的火车票，老婆早就计划好了的，这个"十一"，他们一家三口要去上海，要在那里渡过一个快乐的假期。

小 花 招

阿白看了我一眼，有点慌张地一跃，就跳进了我的怀里。

外面有声音不断地传进来，是妈妈和奶奶的声音，两个人似乎在争辩着什么，从阿白的眼神里我也可以断定又是一堆鸡毛蒜皮的事情。大人们就是怪，什么事情好像都要分出个对错，有时候还不如小孩子，其实争了半天又有什么用，不还得在一个屋檐下吃饭睡觉？我和阿白从来就不吵，从爷爷把它捡回来的那一天起，它似乎就要死心塌地地做一个听话的小猫咪，无论我高兴还是烦恼，它都会静静地看着我，做出一副很懂事的样子。我喜欢阿白。

我趴在窗户上向外张望，阳光透过枣树的叶子，把院子照得斑斑驳驳。树上的枣子大部分都红了，有一些蜜蜂在枝叶间穿梭忙碌。大概已经是秋天了吧，昨天我追着爷爷的屁股问他什么叫"秋高气爽"，后来爷爷不耐烦地甩下一句：你看看天空是不是很高，心情是不是很爽快啊。我抬头看了看天空，心情果然一点点好起来。

妈妈大概很生气，脸色就像还没有成熟的茄子。奶奶不见了，可能是被爷爷拉进屋里了。爷爷真聪明，一个巴掌拍不响，似乎是永远的真理。有一次爷爷对我说，三个女人一台戏，多亏了你是个男孩，幸运啊幸运。我要是个女孩子呢？爷爷一瞪眼说，你有那本事吗？我吐吐舌头，抱着阿白赶快躲开。

午饭吃得不是很好，本来大家应该在一起吃的，可是饭桌上不见了妈妈，也不见了奶奶，爷爷草草吃了几口干脆放下饭碗出去了。只剩下我，一个人孤零零的，很没有意思。

中午我睡了一觉，妈妈喊我起来的时候，我说肚子疼，一副慵懒的模样。妈妈说你怎么啦？中午不是还好好的吗？我说我怎么知道。我在炕上翻来覆去地折腾，直到妈妈慌慌张张地去找医生。

阿白焦急地看着我，它纯净的眼神似乎想知道我的病因。我说阿白，快去喊爷爷啊。阿白似乎明白了我的意思，跳下炕出去了。

医生很快就被妈妈喊来了，医生说你哪儿不舒服？我说肚子疼，头也晕，还想吐。医生说让我看看。医生粗糙的手按在我的肚子上，一会儿右边，一会儿左边，一会儿上面，一会儿又跑到下面，我的小肚子被他按得都快尿尿了。爷爷不知道是什么时候进来的，他的眉毛紧皱，很严肃的样子。他对妈妈说，孩子怎么了？刚刚不是还好好的？谁知道呢？妈妈的声音很低，好像自己犯了什么错误。医生又用听筒在我胸脯上听了半天，然后半信半疑地说，没有什么异常啊，你中午是不是吃了什么变质的食物？我摇摇头，但马上又说，是不是那盘剩豆角，好像是有一股子味的。医生说，大概是这个原因吧，先开点解毒的药，多喝点水，很快就会没事的。

我不知道自己是什么时候又睡去的，我原来没有午睡的习惯，可现在这一折腾，竟然迷迷糊糊地睡了很长的时间，睁开眼睛的时候我看见了妈妈和奶奶，一个在炕的这边，一个在炕的那边。我听见奶奶说，你看我都老糊涂了，为了一点小事差点误了孩子的身体。妈妈沉默了一会儿，说，这也怨我，我就是脾气不好……

我躺在那里，听着她们的对话，忽然觉得有些"秋高气爽"。

我咳嗽了一声说，我要喝水。

妈妈长嘘了一口气，你终于醒了。奶奶也凑上来，孩子，饿了吧，你看奶奶给你煮了多少鸡蛋？

我贪婪地吃了两个鸡蛋，真香啊！

夜幕降临的时候，我的病已经好了，我和阿白在屋子里嬉戏着，仿佛下午的事情就没有发生过。爷爷透过老花镜疑惑地看着我，后来他自言自语地说，这小子是不是就没病啊。

谁知道呢，反正我不说，连阿白也不知道。

离　婚

　　老婆打来电话的时候，他正和灵儿混在一起。老婆说娘从乡下来了，让他赶快回家。放下电话，他愣怔了半天，他实在想不明白娘从乡下赶来的理由，直到灵儿的手臂再次攀上他脖颈的时候，他才有些武断地推开灵儿。他说，我得马上回家。灵儿有些不满地撅起小嘴，什么事啊，比我还重要？他斜一眼灵儿，不快地说，我老娘从乡下来了。

　　穿好衣服，他一路猛赶，娘的突然到来，打乱了他的一切。

　　他一进门，娘的眼圈就红了。

　　娘说，我要跟你爹离婚。

　　他吓了一跳，都六十多岁的人了，怎么忽然想起离婚来了。

　　他说，为什么啊？

　　娘说，你爹有外遇了。

　　不可能吧，他想起一向少言寡语的爹，怎么也无法和娘的话联系在一起。

　　娘说了半天，他终于弄清楚了事情的原委。原来爹没经过娘的同意就把钱借给了村里的二寡妇，娘问起的时候他还遮三掩四的。娘说，借钱她不在乎，可是瞒着她就是不对的，而且问的时候还吞吞吐吐的，是不是有什么见不得人的丑事？

　　就为这事啊，他把心放进了肚子里。一点鸡毛蒜皮的事也闹到离婚的地步，真是老小孩啊。

　　他也闹过离婚，而且不是一次两次了，但他离婚的理由决不是爹娘这么的简单。他和她早就没有感情了，如果不是因为孩子，也许他早就会明目张胆地去寻找自己的幸福了。

　　娘难得来城里一趟，虽然事出有因，但他还是有时间就陪在娘的身边，中间灵儿来过几次电话，他都回绝了，他说等娘走了再说。

可是娘一直都没有要走的迹象，天天和儿媳有说有笑的。他觉得很奇怪。有一次他试探着问娘，爹一个人在家里没事吧？娘说，他能有什么事？巴不得我不回去呢。

说来也怪，原来他总是希望乡下的父母能来住上一段时间，而现在，他却有点盼着娘早点回去了，他知道如果再这样耗下去，灵儿那小姑奶奶不跟他翻脸才怪。

两个礼拜过去，他决定送娘回去。娘开始不同意，后来他好说歹说，娘才答应下来。但有一个条件，爹必须向她道歉。

回到乡下，他感到一种从未有过的轻松，没有了灵儿的纠缠，也看不到老婆那张阴郁的脸了，他觉得自己有了一种从没有过的解放。

爹道没道歉他无从得知，但是从娘返家之后爹乐呵呵的样子，他知道风波肯定已经过去了。有一天饭后，他偷偷地问起爹借钱给二寡妇的事情，爹却一脸的茫然。他把借钱的事又详细地说了一遍，没想到爹却坚决地摇头，听你娘瞎编，哪有的事啊，你也知道，钱都是你娘管着，她不给我，我去哪儿弄那么多的钱借给别人？

爹不说，他还真的就忘记了，家里的财权一直都是娘掌握着呢。

呆愣了半天，仿佛在一刹之间，他什么都明白了。

掏出手机，他犹豫了一下，最后还是狠狠心删去了那个叫灵儿的女孩的电话号码。

今夜月圆

　　赶在这个时候回家，是他原来不曾想到的。她已经答应了他的要求，也许再过两天，彼此就天涯陌路了。

　　下午，她下地割高粱去了。他一个人有点百无聊赖，事情的过分顺利反倒使他有点无所适从，原来想象的吵闹、谩骂，一个也没有出现，倒是她说了一句话使他反而有点歉意，她说，人不能和命争。

　　其实她也是争过的，漫长的时间，拉锯一样的拖延，她曾经不甘心。但是这次她却像换了一个人，很痛快地答应了。

　　下午的阳光很快就从窗户的这边跑到那边去了，想一想她，他觉得也真不容易，一个人在农村耕作，照顾他们的孩子，还要照顾他的父母，但是她没有文化，与他的话语也就越来越少。与所有的"陈世美"一样，他遭到了很多人的谴责，但是他觉得要追求什么必然就要舍弃什么，所以他做了，并且现在已经有了眉目。

　　无聊之中，他走出家门，沿着乡间小路，直到走进高粱地他才觉得自己似乎不应该来。牛车在一边放着，而她正哈着腰割着已经有点泛黄的高粱秆。

　　他什么也没说，自己在另一边开始了对高粱的收割。

　　天渐渐地暗下来，地里的人们也都早早地收拾好农具回家了，因为今天是八月十五，谁不想过一个轻松的节日啊。而她丝毫没有这样的意思，看来不割完这片高粱她是不会回家的。他索性也坚持下来。她不说话，他也不想说，高粱地里响着嚓嚓的声音，仿佛与沉默较着劲儿。

　　高粱割完了，她开始套牛装车，他也凑过来，两个人看似各忙各的，但是配合上却很默契，他横着放一捆高粱，她就竖着放，牛车很快就高起来像一座小山，后来他上了车，她就往上递。

　　天黑下来，月亮已经在东边露出了痕迹。本来她想驾车的，但是他

却抢先一步拉过牛的缆绳，她没有去争，顺势坐在另一边的车辕上。那一刻他忽然感觉到，什么都没有变，他们一直就是这样的，默契已经深入到生活的每一个细节，可是这些他原来竟没有发现。

牛车在坑坑洼洼的土路上缓慢地行走，这条路的路况他其实并不是很熟悉，常年在外工作，对家乡里的一切他都陌生了。

车剧烈地颠簸了一下，忽然向右侧倾斜过去，他跳下车，想努力地把缆绳往怀里拉，可是一切都是徒劳的，小山一样的高粱瞬间倾倒在地，车翻了。最不想看到的事情发生了，她看看他，他也看看她，要是在往日，她早就会埋怨他了，可是现在她什么也没说，只是从车辕上抽出镰刀，费力地割断了勒在牛腹上的鞍马带，把牛从车下拉出来。

一切都安静了，安静得只剩下牛的呼吸和他们的喘气声，他有点累了，额头上沾满了汗珠。他有点歉意，车毕竟是他驾的。

天已经完全黑了，潮湿的露水开始慢慢地浸上来，呼吸中似乎可以感受到那种丝丝入鼻的湿润。他想说对不起，可是话到嘴边一看她的神情又咽了下去。他张张手，如果是在以前，她肯定会递上一块手巾，但是现在他只好用手抹抹汗，又开始了装车。

她依旧不吭声，这倒使他有点难受，他咳了咳嗓子说，有水吗？她静默了片刻，然后把水壶远远地递过来。

水真甜，他咕咚咕咚地喝了几口，很解渴。

月亮已经升起来了，整个田野洒满了它的光辉，举眼望去，黑乎乎的田野白茫茫一片，他忽然被那种广阔的天籁惊呆了，他下意识地看看天空，在月亮的周围是一片片的云彩，或薄或厚，异彩纷呈。

这是十五的月亮啊，他记不起有多少年没有这样看过乡村的月亮了，而在这样的夜晚翻车更是第一次。他看看她，忽然间有点内疚。

车又上路了，这回她没有再给他机会，他也没有去争，顺便坐在了另一边的车辕上。

月亮已经升到半空了，没有风的田野似乎更能体现出月亮的立体感。蚊虫们依旧在轻唱，那些不知名的曲子使田野显得更加宁静和广袤。

他有点饿了，顺手抽出一棵高粱，他想重温一下高粱秆的味道。但在他还没有剥好的时候，他觉得自己的胳膊被什么触了一下。

他扭过头，看见了熟悉的那双眼睛。她的手向他伸着，手里是一块月饼。

他不知道她还带了月饼，他没有犹豫，伸手就接了过来。

月饼真香啊，他想了想，自己很久没有这样的感觉了。

牛车缓慢地行驶着，他们谁也没有发现，月亮的光辉已经淹没了身后的乡间小路。

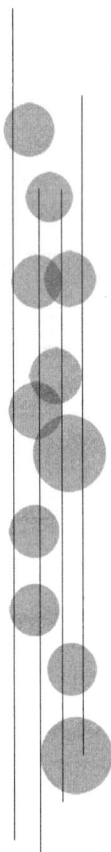

三个人的元宵夜

　　天有些冷，都已经"七九"了，天气还没有丝毫回暖的迹象，昨天下了一场不大不小的雪，使路面有一些泥泞。今晚的行人很多，甚至有些拥挤，大家都是奔前面的广场去的，那里正在搞今年元宵节的灯展。显然，今年的灯展比往年场面都大，也更热闹。他就是看准了这个热闹劲儿，才破例地批发了一大卡车的甘蔗，人多东西好卖，说不准能赚上一笔呢。

　　大冷的天，本来他只想自己在这里卖就可以了，可是妻子不同意，妻子说，还差一点，我们就可以交房子的首付了，趁这个时候，能多赚一点是一点。他知道妻子说得不是没有道理，在这个打工的城市，有一套自己的住房一直是他们的梦想，何况儿子也要上小学了，天天东搬西挪的，他也有些厌倦了。他虽然有些不舍，可最终还是同意了妻子的建议，他带着儿子在这边卖甘蔗，妻子在离他不远的那边。

　　六岁的儿子一直嚷嚷着要自己去看花灯，但都被他厉声地制止了，虽然灯市就在眼前，但是人多腿杂，现在丢孩子的事儿多着呢，他才不放心让儿子去那样的地方。他削了一块甘蔗，递给围了他的军大衣坐在车斗里的儿子。小家伙把小脸扭向一边，表示着对他的抗议。顺着儿子的目光，那边的花灯正争奇斗艳异彩缤纷。他看着儿子流着鼻涕的小脸，心里忽然一酸。他一直觉得对不住儿子，大人苦也就苦了，可是让孩子跟着他们一起苦，对他却是一种煎熬。记得有一次儿子指着一辆从他们面前疾驰而过的汽车说，爸爸，咱们什么时候也能有一辆汽车？他苦笑着说，会的，我们什么都会有的。儿子说，到时候你可要带着我逛遍整个好玩的地方啊。他说，那当然，到那时候，你想去哪里爸爸就带你去哪里。可是现在，儿子想去看花灯他都做不到，更何况汽车呢，那不过是一个天方夜谭罢了。

等甘蔗卖完了，爸爸就带你去看灯，他苦笑道。

你什么时候能卖完？骗人！儿子回过头气呼呼地反问。

他竟一时语噎。他也不知道什么时候可以把这车甘蔗卖完，今天卖不完，有明天，明天卖不完，还有后天，后天以后呢，甘蔗会卖完吗？

有人在摊位前停下了，他顾不上再和儿子搭话，无论如何，生意还是第一位的。

顾客是一个女的，浓妆艳抹，香气袭人，怀里抱着一只白色的小狗。儿子看见狗，忽然来了兴致，他凑过来，伸出手刚想摸一摸，那狗忽然冲儿子咬过去。儿子下意识地躲了一下，小脸顿时煞白。那女顾客显然有些不高兴，一边紧抱了狗，一边不饶人地说，它是你能摸的吗？要是咬了你，算我的还是算你的？他赶紧赔了笑脸，称了甘蔗给她。

那女顾客一走开，他赶紧拿了儿子的手来看，还好，儿子的手臂上只是留下了一道白印，皮没有破，也就不用担心狂犬病了。他重新把儿子抱到车斗里，又围好他的棉大衣，说，等爸爸赚了钱，也给你买一只。

儿子的情绪有些失落，他没有想到狗会来这么一下子，一时蔫蔫地躺在车斗里，不知道在想些什么。

抛下儿子，他把目光投向妻子的那边。妻子穿了一件大红的防寒服，正在忙碌地应付着身边的客人，显然她那边的生意要好一些，他后悔没有去那一个摊位，他知道卖甘蔗是一个累活，不仅要把甘蔗切成段，还要全部削皮，手里没点功夫是不行的。从妻子干练的姿势上，他一直有一种负疚感。这么多年，妻子一直跟着他游走在城市的大街小巷，却从没有抱怨过他的无能。妻子越是这样，他就越有一种欠债感。不能让老婆孩子过上幸福生活的男人还算个男人吗？他有时自问，之后是自责，再之后是更大的动力，他要赚钱，他要买房，他要有一辆属于自己的小汽车，然后带着老婆孩子在城市的大街上兜风。

忽然，那边骚动起来，刚才还平静的人群忽然都向妻子所在的摊位涌过去，妻子的红色防寒服看不见了，到处是晃动的人群和嘈杂声。他的心猛地提起来，他仿佛看见妻子被别人抓住了头发，继而被按倒在地。儿子听到动静，也从车斗里站起来，整个灯市里都是张望的眼神。

他有些坐不住了，他拿起削甘蔗皮的刀子，他想如果有人敢动妻子一下，就让他白刀子进去红刀子出来，乡下人也不是那么好欺负的。他记起有一次卖苹果，一个年轻人找茬，说他缺斤少两，想诈他。他二话

没说，拿了旁边摊位的一杆秤，说，苹果要是缺斤少两，他少一赔十，要是不少，你得给个说法。那年轻人看他气盛，早没了开始的嚣张气焰。他想起父亲曾对他说过的话：人善被人欺，马善被人骑。人生在世，只要不做亏心事，什么都不用怕。现在，要不是儿子在身边，他真想冲过去，看个究竟。

还好，半小时的功夫，那边的人群就散开了。他踮起脚尖，终于看见了妻子的身影，红色的防寒服让他稍稍地出口气，他放下手中的刀子，继续卖他的甘蔗。

夜不知道什么时候就深了，刚才还人织如流的广场忽然间就冷清下来，只有那些花灯还在不知疲倦地履行着守夜的职责。儿子睡着了，他也有点累了，摸摸削甘蔗皮的右胳膊，既酸又痛。

他看看那边的妻子，妻子也正好向他这边张望，并做了一个收摊的动作。他呼应了一下，然后收拾好剩余的甘蔗，把车开过去。

刚才怎么了？真担心死了？

两个看灯的人发生了口角，还动了手。

我以为是你和人家打起来了呢。

怎么会呢？妻子指指那些甘蔗说，只是甘蔗让他们弄断了不少，还丢了一些。

没伤着你就好。他把自己的围巾拿下来，围在妻子的脖子上，冷吗？他攥住了妻子的手。妻子的手并不凉，似乎还有一股温暖传递过来。

不冷，你看我的收获。妻子拿过她破旧的小皮包，里面是一堆散乱的钞票。

够买房子的了吗？他揶揄道。

差不多了吧，妻子并没有理会他的表情，继续说道，如果照这样下去，这个元宵节我们可有一大笔的进项呢。

我可不想让我的老婆太辛苦，你看看别的女人，那日子过得。

谁让我命不好呢，嫁个穷光蛋不说，连孩子也跟着受罪。

呵呵，他小声地笑起来，对不起啊老婆，瓦西里不是说过，面包会有的，牛奶也会有的吗？

你就会贫嘴，妻子把围巾拿下来，重新给他围上说，天不早了，我们回家吧？

嗯。他忽然想起了什么，又说，等等，我答应要带儿子看花灯呢。

都什么时候了，明天吧？

不，就今天。他倔强地抱起沉睡的儿子说，儿子，我们看花灯去喽。

儿子似乎没有听到，依旧沉睡在梦里。

就那样抱着沉睡的儿子，他大步地奔向广场，整个的灯市，肃静成整齐的队列，仿佛在等着他的到来。

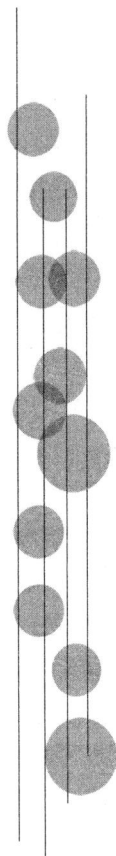

卖 牛

经过我们长时间的劝说，父亲终于答应把那头老黄牛卖掉。

这个消息对于大家无异于久旱逢甘霖，连和父亲冷战多日的母亲也露出了笑脸，说要给老家伙做点儿好吃的。

父亲一直没有笑脸，他的眉头紧皱着，看得出，他对自己这样的决定并不是很痛快。

这几天，他每天筛草喂牛，对牛照顾得比以前更周到了，偶尔我会看见他一个人坐在门槛上，一边抽烟，一边看着老黄牛出神。

说实话，我从心眼里也舍不得卖这头老黄牛。自从分田到户，它替代了最初的那头老驴，已经为这个家服务了十多个年头了。不仅父亲对它感情深，大家也都认为它是这个家庭的功臣。但自从我们兄妹三人相继离开农村以后，本来属于我们的土地被大队上分给了别人，老黄牛的作用就渐渐小了。

记得第一次我们劝父亲把老黄牛卖掉的时候，父亲一度认为我们忘恩负义。的确，在我们上学的那些年里，父亲和他的老黄牛给了我们源源不断的物质支持，没有老黄牛，我们的学业可能就无法完成。可是此一时彼一时，在它完成了自己的历史使命之后，它对这个家庭来说，就是一个很大的负担了。父亲拒绝了我们的建议，他说没有老黄牛，日子将变得没有味道。我们不想和父亲争辩，在劝说无效之后，主动放弃了。在春秋农忙时节，父亲一个人赶着老黄牛去耕作他那仅有的两亩地，老黄牛还是有些作用的。

第二次劝说父亲卖牛是因为村庄里有一个老汉被牛顶伤了，面对着日益老迈的父亲，我们的心也不由得提了上来。父亲对我们的建议采取冷漠的态度，他说，老汉被牛顶伤只是一个偶然的事情，没有牛，人就能安全吗？这可不一定。父亲牵着他的牛在我们面前走过，那亲密的样

子仿佛是故意做给我们看的。

第三次劝说父亲卖牛是因为母亲生病住进了城里的医院。母亲出院后，按我们的要求留在了城里。母亲劝父亲也搬进城里住，可是父亲恋着他的土地和他的老牛，一直没有答应下来，使得母亲两头牵挂，日久就和父亲冷战起来。

在三次劝说失败之后，我们已经失望了。我知道，有些事情永远都是你无法改变的。如果不是这次事出有因，我想，父亲会一直留着他的老黄牛。

卖牛的日子选在一个风和日丽的上午。那天早晨，父亲起得很早，一直在和他的老黄牛做最后的告别。在这之前，他否定了我们让商贩来家里牵牛的建议，而非要牵去牛市卖。他一直坚持老黄牛还有很大的使用价值。我们看着那和父亲一样尽显暮色的老牛，只好默认了父亲的固执。

牛卖得很顺利，价也高出了父亲的想象，这一点可以从父亲的神情上看出来。父亲说，我说它还有价值吧，你们还不信，怎么样？看着得意的父亲，我默然。其实，这只是我的一个小花招儿。我托了一个熟人以高价买下那头牛，只是想让牛卖得顺利一些，父亲知道什么啊，除了老黄牛和他的一亩三分地，他对世事的了解只能算个小儿科。

牛被牵走的时候，父亲的目光一直都是留恋的。看着父亲，我还是有了一丝丝的不忍和感动。

回去的路上，父亲一直没有说话，他的目光有些散漫地看着路边那些正在成长着的庄稼。也许他知道，他离那些庄稼已经越来越远了。

路过父亲那两亩地的时候，他忽然停住了脚步，指着田地中正在忙碌着的挖掘机对我说，那是你们公司的吧？看着父亲征询的目光，我不知道该怎样回答。的确，眼前的这片土地已经被我们公司买断了，不久，这里就将竖起一座现代化的工厂。这一切，我从没有对父亲提起过。

父亲转过头说，你说牛没了以后，后面紧跟着的会是什么呢？

我张张嘴，刚要说，却被父亲打断了。

父亲叹口气说，我告诉你吧，下一步就是村庄。等村庄没了的时候，我们也该消失了。

父亲仰起头，在他的头顶上，瓦蓝瓦蓝的天空，似乎有什么要滴下来。

布娃娃

她拿起那个布娃娃，仔细地端详了一下。他真的希望她拿走那个布娃娃，可她只是短暂地看了一会儿，就放下来。她说，我要走了，祝你幸福。

他苦笑笑，她的姿态让他心碎。

一切都是在平静的气氛中进行的，没有争吵，甚至于还有点友好。她说他是一个好男人，但不是一个好丈夫。他默默地听，默默地在心里流泪。说实话，他是爱她的，可是当他知道一切都无可挽回的时候，也只好忍痛放弃。他说，家里的东西你随便挑，房子也可以给你。

她只是淡淡地笑笑说，那边都有，我什么也不要。

布娃娃也不要吗？他想起了那时，她是那么得喜欢布娃娃，一到商店里就走不动步，拉着他非要买一个。她母亲去世得早，布娃娃是她小时候最亲密的伙伴。他没有拒绝，即便是她要月亮，如果能买得到，他也想买给她。

一切仿佛还在昨天，可是布娃娃早就被她遗忘在角落里好几年了。当硕大的沙皮狗代替了布娃娃的时候，他们的婚姻也走到了分手的边缘。

离婚是她提出的。他问为什么？她说，我厌倦了。

他说，我对你不好吗？

她摇摇头，说，这跟好不好没关系，我的生活需要激情。

尽管她这么说，可他早就知道了原因。他无法阻挡一个女人在更好的物质生活面前的选择，与那个男人相比，他在精神上绰绰有余，但在物质上却无法挺起腰杆。

他说，那个布娃娃，你要是喜欢，就带走吧。

她淡淡地笑笑，说，不用了。

她走向皮箱，然后向门口走去。

别了，他闭上眼睛，寂静中是她清脆的脚步声。

他说，等等。

她惊愕地扭转身，似乎有点不知所措。

他冲过去，一把抓起布娃娃，三下两下拉开了布娃娃的拉链，然后他抖着，使劲地抖着。

她看到了，他也看到了，一个折叠着的纸张从布娃娃的身体里掉下来。

他说，你不要见怪，我事先没有告诉你，我的二十万元的保险，收益人是你，你拿走吧。

她惊愕地看着他，仿佛在看一个陌生的人。

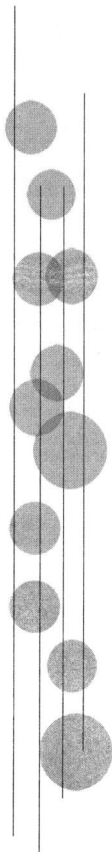

我只想游一次泳

　　我和强站在栏杆外面，一动不动地看着栏杆里面水池里的靓男俊女，他们在水里嬉闹着，显得快乐无比。

　　正是黄昏的时候，热风依旧没有减退的意思，吹在身上黏糊糊的。我说，强，我们也去游泳吧。强看看我说，让我们进吗？我说，试试嘛。

　　游泳池的门口有几家卖游泳衣的摊贩。强说，我们要是进去的话，是不是也得买游泳衣？

　　我说，当然了。

　　砍了半天价，我们以每件五块钱的价格买了两个游泳裤衩。强说，要是不让进，我们就白买了。我说，怎么会呢，不让进我们就拿回去给老婆当内裤。强笑了，我也笑了。

　　显然是我们的装束引起了售票员的注意，那个"熊猫眼"胖女人上上下下地看我们几眼说，你们有本吗？

　　我说，游泳还要文凭？

　　"熊猫眼"胖女人不耐烦地瞥了我们一眼说，还文凭呢，你们见过吗？

　　有文凭谁当民工啊？我说，我们没本。

　　没本来干什么？"熊猫眼"胖女人的语气一下子重起来。

　　我说，来游泳啊。

　　游泳得拿本，知道吗？就是体检本，没本就赶快走人。

　　强看了我一眼说，我说什么了，白花那十块钱。

　　我说，让我们进去吧，我们就游一小会儿。

　　说不行就不行，你以为这是菜市场啊，不看看自己什么模样！

　　什么模样啊？我的气一下子冲上脑门，我们长得不胖？还是没有熊猫眼？

"熊猫眼"胖女人显然听出了我的话外音,她一下子从凳子上站起来,瞪圆了眼睛说,你他妈的找事啊?

强一看不对劲,赶紧拉了我的手说,算了,我们走。

我鄙视地瞥一眼"熊猫眼"胖女人,说,我们会再来的。

我们无精打采地走出来,心里仿佛被什么打了一下,有点酸的味道。

一连几天,我都闷闷不乐,我对强说,我们必须游一次泳,否则我们的游泳裤就真的白买了。

强笑笑说,算了,不游泳又饿不死,别自寻烦恼。

我说,不是自寻烦恼,我就是看不惯"熊猫眼"胖女人那副嘴脸,没本怎么了,他们到我们乡下的河里游泳谁跟他们要本了,分明是看不起人!

夜里,简易的临建房里像蒸笼一样,蚊子们不时地俯冲过来又俯冲过去,我睡不着,干脆把强喊起来说,我们去游泳吧。

强说,别开玩笑了,我困呢。

我说,你真不去,可别后悔啊。

我知道强以为我在跟他开玩笑,其实我没有开玩笑,我就是想在那样的游泳池里游一次泳。

夜其实不算深,马路上依旧还有打牌的人们,这就是城市与乡村最大的不同,我的乡下的亲人们,也许早就进入梦乡了。

游泳池早就平静了,从栏杆外面看进去,平静的水面像熟睡的月亮,没有了靓男俊女的嘈杂,此刻游泳池显得静谧,静谧得令人担心。

我从栏杆上翻过去,这是我白天就看好了的路径,那样的栏杆对于我来说,只不过是一道矮矮的篱笆。

我脱了衣服,游泳裤是早就穿好了的,我轻轻地下水,凉爽的池水一下子包围过来,让我清醒和振奋。

我蛙泳、仰泳、潜水。我自由地游弋着,此刻的游泳池是属于我自己的,我忘记了自己是在乡村还是城市,直到两束手电筒灯光射在我身上的时候,我才知道,这里不是乡村,这里是别人的城市。

我被带进一间办公室,那两个人面目冷峻,一点也不符合夏天的气氛。

一个人说,你是谁,从哪里进来的?

我说,我是我,从栏杆上进来的。

另一个人说，原来是你，正愁抓不到小偷呢，你就自己送上门来了。

我说，我不是小偷，我没有偷东西。

一个人说，小偷哪有说自己偷东西的，我看是欠打。

我说，我只想游一次泳，什么也没偷。

另一个人说，你还敢嘴硬，看你的样子就像个小偷，不教训教训你，你是不会承认的。

我的腿上挨了重重的一脚，紧接着就有拳头抡过来，我躲避着，后退着。我大声地说，我只是想游一次泳，我不是小偷，我没有偷东西。

他们根本不听我的，他们说，再叫你嘴硬，再叫你嘴硬。

我只是招架了一会儿，后来就什么也不知道了。

强到派出所看我的时候，手里拿着一张当天的报纸，强说，多亏了这张报纸，否则我们还以为你失踪了呢。我看了一眼报纸，标题是《执勤人长期蹲堵，游泳池夜抓惯偷》，下面是我垂头丧气的照片。

乡医小锁

都 25 岁了，还不找对象，小锁成了那时村里一个最大的谜。

大家都为小锁着急，只是小锁不急。

大家都说，小锁你还等什么？

小锁笑笑说，没有合适的嘛。

大家又都说，不要挑花了眼。

小锁说，怎么会啊？就怕人家看不上俺呢。

大家都摇头，说小锁这孩子把自己耽误了。又都埋怨小锁的父母，没有这样惯孩子的，都多大了，该给点压力就给点压力，这样拖下去，下一代都影响了。

可是小锁的父母也不急，好像这事跟他们无关似的。

小锁是村里的医生。说是医生，其实都是自学的。那年高考失利，小伙子郁闷了一阵儿，后来就选择了做医生。

大家都见过小锁的刻苦，先拿自己练。那针头看着就扎进自己的胳膊了，吓得人都闭了眼睛。小锁却笑呵呵地说，熟了就不怕了。

开始的时候，大家都不信小锁的医术。小锁也急，脸红红的，还说，出了问题他负责。这样大家也不信他，只是有个头疼脑热的，才从他那里拿点药，半信半疑地吃下去，却也没出过什么问题。

真正让小锁声名鹊起的是村里一个偏瘫了 5 年之久的老人，经小锁的针灸能够下地走路了，那时大家才开始对小锁刮目相看起来。

这时小锁行医已经 5 年多了，他成了方圆几十里的乡村名医。

成了名医的小锁一点也没有架子，不管是谁来喊，也不管是什么时候，背上药箱子跟着就走。小锁对人客气、和善，按村上的辈分，该喊大爷就喊大爷，该喊爷爷就喊爷爷，大家都说小锁这样的人百年才出一个。不过也有过两回例外，一次是大队书记发烧，书记老婆来喊小锁的

时候，小锁就拖延了半天，把书记老婆急得直说好话。小锁说，你没看我也忙着吗？总得一个一个来吧。后来大队书记病好了后，对村里的人一下子就客气了很多，吃拿卡要的现象再也没发生过。还有一个吴二，腰疼，躺在炕上爬不起来。请小锁去，小锁就说，躺两天吧，反正他也需要人照顾，干脆把父母接回来多好。知道原委的人都捂着嘴笑，原来一年前吴二把父母从自己家的大瓦房赶到村外的小破屋了。大家都知道吴二的不孝，可是又都没办法，这下大家别提多开心了。吴二心知肚明，咬咬牙把父母接了回来。吴二的父母搬回来的当天，小锁就登门了。小锁说，姗姗来迟，请吴二哥勿怪。从那以后，吴二就和父母住在一起了。

不知道从什么时候，大家忽然发现，小锁瘦了很多，脸色也苍白得没有一点血色。大家都劝小锁歇几天，身体重要，小锁前头应着，后面却停不下来，因为找他看病的人太多了。有几次小锁的父母出来挡驾，说，看在乡里乡亲的面上，让小锁歇两天行不行？可是小锁停不下来，小锁说，我要是能变成两个人就好了。

一个穿红衣服的女孩就是这时候出现在小锁身边的，大家都长长地出了口气，说，小锁终于找对象了。面对大家的质疑，红衣女孩也不争辩，小锁走到哪里，她就跟到哪里，成了小锁名副其实的助手。

没有多久，红衣女孩就可以扎针了。再过了些时日，红衣女孩也可以看一些简单的病了。大家都很羡慕，说看人家两口子，家还没成呢，就夫唱妇随了。

有一天早晨，大家都赶集似地往小锁家里跑，似乎那里发生了什么事情。

是的，对方圆几十里的村庄来说，那天早晨的确是发生了一件很重大的事情，那就是小锁去世了。

有些人在摇头，有些人在掉眼泪，还有人在掩面抽泣。

是白血病要了小锁的命。在自学医术的时候，小锁就已经知道自己的病了。

小锁不找对象，是怕连累人家。后来的那个红衣女孩，是他的一个远方表妹，小锁把医术差不多都教给了表妹。

小锁出殡那天，附近很多村庄的人都来了，里三层外三层的，花圈摆了长长的一街。

自由者

他第一次来我办公室的时候，我还以为他走错了门。本以为他会马上离开，但他却从门缝里挤进半个身子。一边挤一边堆出一张笑脸。他的笑很牵强，有一些讨好的意思。

他说自己就要回家了，问我是不是有废报纸卖给他。

我觉得他面熟，想了半天忽然记起他一直在一个装卸队干活，这几天正给我们车间清理下水沟的淤泥。

我说，你挺会利用时间的。

他笑了笑，脸上的皱纹挤在一起，上面有一些污渍。他说，空着手走一趟也是走，还不如收点报纸，也许能挣几个钱儿花。

他把"钱"字说得很儿化，仿佛已经从我这里看到了曙光。

我不忍拒绝他渴望的眼神，就说，你来得正好，我这里刚好淘汰下来一大堆旧报纸，都给你吧。我把他领进里屋，他看到那一堆报纸，眼睛都亮了。

看他空空的双手，我说你怎么拿走啊？

他从裤腰处掏了掏，变戏法似地拿出一个化肥袋子来。

我说，你有准备啊。

他说，也没准备，没带称，我估计一下重量可以吗？

心里已经默许了他，但我故意逗他，这怎么行，万一你少估了怎么办？

我不是那种人，他有些着急地摆摆手，人都是凭良心的，我又不是只跟你打这一次交道，总得讲点信用吧。

我想笑，却又绷住了脸。我说，那就相信你一回。

他把报纸都装进化肥袋子里，又很认真地掂了掂，有 30 斤吧。

这么准？你可别糊弄我。

不信你就给我留着，我明天再来拿。

看他认真的表情，我摆摆手说，不用了，相信你。

他一下子笑了。

给我点完钱，他并没有马上走，而是寻了办公室墙角的笤帚，把地上的碎纸屑扫成堆，又收进垃圾桶里。

临走时，他似乎有些请求地说，下次有报纸还是卖给我吧。

我点点头，对他已经有了怜悯之心。

转天在车间，我又看到了他。那时他正一身泥点地往拖拉机上装淤泥。

我说，昨天的报纸赚了不少钱吧？

他笑了一下说，也没赚多少，我没估准那些报纸的分量，还差点赔了呢。

那我补给你。

那倒不用，已经成交的事情哪有找后账的，怨我自己。

你还挺讲义气。

人嘛，总要为什么活着吧。

我盯着他看了半天，直到他又弯下腰装淤泥，我说，那你下次别忘了来收报纸。

他抬头看了我一眼说，记着呢。

很长的一段时间，他都没有出现在我的办公室。我不仅给他留下了一大堆废旧报纸，还给他准备了两件工作服，我知道他干清理淤泥一类的活儿，工作服耐脏。

后来他出现的时候，右腿有些瘸，他显然看出了我的疑问，忙笑笑说不小心摔了一跤。我说你怎么不来了？他说，门卫不让进，我又没法通知你，哎呀，急死了，怕你说我不讲信用呢。那你现在怎么进来了？我给门卫扔了一盒烟，还说了你们科室的名字，他们就放我进来了。

我帮着他把那些报纸搬到楼下，他有些受宠若惊地说，这怎么可以？他有一辆破旧的三轮车。看他熟练地装车、捆绑，俨然一个老手了。

他走的时候，我竟然有一些牵挂，我说你下次还来吗？

他说，当然来啊，挣钱的事儿能不来吗？

又是一段很长的时间，我没看到他了。盛夏的一个中午，我偶尔路过一栋新楼，却在几个背沙子的人中看见了他，那时他正弓起腰，等着别人把一袋沙子放到他的肩上，我没敢打搅他，赶紧偷偷地低头走开了。

潜 规 则

　　下午的采访可谓惊心动魄。因为大雨泛滥，这个小城临江的一道堤坝岌岌可危。昨天我们接到采访任务，社长简单地交代了几句，就派大老李带着我下来了。我刚进报社不久，还没经历过这样具有危险性的防洪抗险的采访任务，中间我几次向大老李表示我的欠缺，大老李不仅没有嫌弃我，反而一脸不在乎地说，一切有我呢。

　　下午，我们上了堤坝，那是一道几十米长的江边堤坝，面对着汹涌的江水，我多少有些惊慌。但大老李却是一脸的镇静，他手里的相机不停地闪着，似乎想把江边所有的内容都拍下来。陪同我们的吴秘书一直不停地向我们介绍着他们的领导是如何吃住在堤坝上的，有些领导已经打过好几次点滴了。看着吴秘书谦恭的笑脸，我多少有些厌烦，不过，堤坝的防护还说得过去，看来是做了充分的工作。

　　忙碌了一个下午，本来晚饭我想随便吃点就算了，大家都在抗险，我们怎么好意思再给人家添麻烦，但吴秘书一直坚持着要找个饭店，大老李不拒绝，我也不好再坚持什么。

　　这家饭店可能是这里最好的饭店了，从装修上也可以看得出来。吴秘书点了几道菜，都是那种很贵的菜肴，我看不下去，中间一直说够了够了，但是根本架不住吴秘书的热情，后来趁吴秘书出去的空当儿，我悄悄地对大老李说，他们怎么能这么破费，这是什么时候啊？大老李看我一眼，并没有我期望的表情，只是淡淡地说，只管吃，少说话，有些事多学着点。

　　大老李是我们单位的资深记者，一般重要的采访任务都是他去。我们刚进单位的时候，领导就一直说，大老李是你们以后学习的榜样。这一路，大老李的确表现出了与众不同的沉稳，他的每一句话似乎都很有分量，这也使我揪着的心悄悄地放下来。

中间我出来小解，刚解开裤子，吴秘书就闪了进来。我们对视一眼，都笑了笑。吴秘书说，今天辛苦你们了。我说不辛苦，都是应该做的。吴秘书又说，我们的工作还需要你们多多美言啊。我说，你们工作做得好，这都是事实。其实这些话刚才在饭桌上都说过好几遍了，现在再说，纯属没话找话。从厕所出来的时候，吴秘书忽然拉住了我的手，我回过头，他的手里已经多了一个红包。吴秘书说，一点心意，路上买点水喝吧。我摇摇头，把手挣脱出来。吴秘书说，兄弟是不是见外了。说完他不顾我的抵挡，硬把红包塞进了我的口袋，然后拍拍我的肩说，兄弟，以后咱们就是一家人了，有什么需要老哥帮忙的，尽管说。在走廊上，已经不便再多说什么，我只好装着那个红包重新入席。

大老李心照不宣地看我一眼，从他的眼神里，我知道在他的某个口袋里一定装着一个和我一样的红包，我如坐针毡地坐在那里，后来吃的什么，我几乎都没有印象了。

我一直想找机会把红包退给吴秘书，但是我们已经没有单独相处的机会了，直到采访结束，我也没有找到把红包还给他的机会。

返回去的路上，我一直闷闷不乐，倒是大老李一反常态一直跟我开玩笑，怎么了，想女朋友了？我苦笑笑。任务完成了应该开心啊，你们年轻人，有时候真让人猜不透。我说，那个吴秘书，真有些客气过头了。要理解人家嘛，端那碗饭，有时候也是身不由己嘛。回去好好动动脑子，把稿子写出来，年轻人，笔头快。

快接近城市的时候，我们的车忽然抛锚了，车轮陷进一个不起眼的泥沟里，多少有些晦气。司机说，找人抬一下吧。看看前后左右，前不着村，后不着店，真急死人。正在我们焦急的时候，忽然从远处骑过来一辆摩托车，我们招招手，他停了下来。摩托车主是一个30来岁的中年人，听完我们的请求，又看看车轮下的泥沟，然后伸出一巴掌说，这个数。大老李有些急了，说，你也太宰人了。中年人说，宰不宰人你们自己看着办，如果不同意，我走了。想一想不知道要等到什么时候，我马上说，就这样，你赶快去找人吧。

车抬上来的时候，我如数点给那个中年人一巴掌，那个数，恰好是红包里的数目。大老李说，你先垫上，回头再想办法。

不知道为什么，红包没有了，我的心情反倒轻松起来，都说举重若轻的人能干大事，一个小小的红包已经快把我压垮了。

防洪抗险的稿件是我连夜赶出来的，等到发稿的时候，已经被改得面目全非了，那个小城防洪抗险的成绩被夸大了很多倍，尤其在领导的形象上，没少费笔墨。

后来大老李一直也没再提"抬车费"的事情，他好像把这件事情全忘记了。

轻　松

　　女人五十岁退休，对别人来说可能是一种解脱，可对丁小红却没有那么轻松。父亲常年有病，儿子正在上大学，靠那一千多块钱的退休金，根本就无法支撑现在的生活。有朋友劝丁小红再找个老公，可丁小红摇摇头说，我不想再伺候别人了。在街上转了几遍以后，丁小红决定在离家不远的街角摆个烟摊。

　　做出这个决定是因为丁小红遇到了老同学刘大松，刘大松在工商所上班，办营业执照方便。

　　果然，刘大松一听丁小红的意思，马上就拍着胸脯说，小事一桩，全包在我身上。

　　丁小红零售的基本上都是一些低档烟，这样的香烟容易卖，成本又低，风险也小一些。偶尔有要高档烟的，丁小红也不是不卖，只是要提前打招呼，转天一手交钱，一手交货。

　　这天，丁小红快要收摊的时候，刘大松忽然来了。丁小红说，你那么忙，怎么还有功夫来我这里？刘大松说，关心一下老同学嘛。丁小红说，别说得那么好听，说说看，是不是没烟抽了？刘大松说，你把老同学看成什么人了，即便是没烟抽了，也不能跟你张口啊。丁小红拿起两盒"黄鹤楼"说，别嫌档次低。刘大松挡了丁小红的烟说，别寒碜老同学了，不过，我还真有点小事需要老同学帮忙。丁小红说，我能帮你什么忙，我可是什么本事都没有。刘大松看看前后左右，然后说，朋友有一些烟，想从你这里卖一下，啊哈，当然，你要是不愿意，也无所谓的。

　　丁小红说，承蒙老同学看得起，这点小事还是没问题的，只要不是假烟。

　　看你都说哪里去了，我能让老同学干那种事吗？烟，都是真的。

　　那你就拿过来吧。

转天，刘大松就拿过来几条烟，丁小红看看牌子说，"中华"可是不好卖啊，你也知道我的消费群体。

刘大松笑笑说，能卖多少就卖多少，无所谓的。

那好，先放这儿吧，我尽力而为。

有小费的，刘大松讪讪地笑笑。

我可不是为了你的小费。

那好吧，我心里有数。

其实那些"中华"烟并不难卖，现在的人们，有什么不能消费的，有卖就有买。

刘大松一般半个月来一次，送一些烟，收一些钱，和丁小红聊会儿天，偶尔还帮丁小红销售过一些香烟，都是一箱一箱的，弄得丁小红反倒很感激刘大松。

眨眼几度春秋，刘大松最后一次露面之后，已经快两个月没来了，丁小红有些奇怪，当然更有点着急，她手里已经有刘大松两千多块烟钱了，不是自己的钱，放在自己的口袋里，心里就不踏实。丁小红拨了刘大松的手机，但每次传过来的声音都是"你拨打的用户已关机"。

丁小红决定去找一下刘大松。在工商局，一听说她要找刘大松，对方马上就反问过来，你和他是什么关系？丁小红说同学。那个人冷冷地看她几眼说，他出事了你不知道？丁小红茫然地摇摇头。他腐败被抓了。为什么啊？你问我，我还想问你呢？那个人满脸的不高兴。

出了工商局，丁小红才意识到自己浑身都快湿透了，如果刘大松是受贿，那么自己无形中就成了他的帮凶。丁小红按按砰砰乱跳的胸口，一时不知何去何从。

烟摊继续摆着，可是丁小红却有些心不在焉了，她总觉得有一天会有人找到她，让她交代问题，可是她有什么问题呢？

那两千块钱从工商局回来以后她就再没有碰过，她压在了箱子底，眼不见心不烦。

一晃，时间就过去了五年，这天傍晚快收摊的时候，丁小红忽然看见了一个熟悉的身影。是刘大松。

刘大松老了，精神头也差了，站在丁小红面前，嗫嚅着半天没说出一句话。

丁小红拿起两盒精装的"黄鹤楼"说，别嫌档次低。

刘大松接了"黄鹤楼"说，谢谢你，真没想到，你还在这里卖烟。

我能干什么去啊，一把年纪了。

比我强多了。刘大松叹口气说，我还没有工作呢。

唉，丁小红叹口气，要不把我的烟摊转让给你。

看你说哪里去了。刘大松揉揉眼睛，我只是来看看你，没有别的意思。

我那里还有你两千块钱呐，我回去拿给你。

快打住吧，刘大松快速地摆摆手，麻烦你，替我把它们都捐出去，越远越好。

看着刘大松远去的背影，丁小红忽然感到一阵从未有过的轻松。

周围，正暮色四合，居民楼里的灯光都温柔地亮起来。

好人，好事

小莫把那个大纸箱子开始放在阳台时，小米就有些不高兴，本来挺好的家，放那么个大东西，太不协调了。

小莫看到了小米撅起的嘴唇，却也不点破，还故意说，你看看，以后那些酸奶瓶啊、旧报纸啊，就有地方放了。

小米白了小莫一眼没有搭腔，其实她不想跟小莫争辩什么，在有些事上她不表态其实就是不同意。

小莫当然看懂了小米的心思，还说，别小看这些废旧的东西，扔了呢，污染环境不说，还少了一笔收入。

靠那点收入能发财？真是！小米有小米的逻辑，你不扔那些东西，捡破烂的捡什么？

哦，小莫做沉思状。倒也是，我怎么就没有想到这一点呢？还是我老婆聪明，都说有善心的女人最美丽，莫非？小莫看小米一眼，小米那边撅着的嘴早就放下来了。要不这样吧，我们先攒着，以后白送给捡破烂的也行。

哼，小米不点头也不摇头，一转身走开了。

第一次来家里收破烂的是一个五十多岁的乡下人，戴了一顶破旧的鸭舌帽。胡子刮得干干净净，看上去很精神。

你都拿走吧，我们不要钱。小莫说。

那个收破烂的以为听错了，愣了老半天，还半信半疑地看着他们。

我们不要钱，你都拿走。小米也说。

收破烂的揉揉太阳穴，那怎么好意思？

怎么不好意思？反正扔了也是扔了，都给你了。小米催促道。

真是遇上好人了。收破烂的一边装袋，一边自言自语。

以后如果你需要，还可以再来。小莫一边说，一边拿眼睛瞟小米，

小米刚才的表现倒是他没有想到的。

需要的，需要。收破烂的几乎要哆嗦起来。

你看看，等收破烂的走后，小莫说，知道什么是做好事吗？世上的许多好事都是举手之劳的，就怕人们不去做，你说说看，是把那些东西扔了好呢，还是这样送给他们好？

你不要以为施舍一点破烂就是做好事，有本事你做点大的！小米当然不甘失败。

你以为我不能做大点的好事？只要你没意见，下次我就送一些衣服给他。

你把房子送给他多好。

还没到时候。

收破烂的第二次被小莫喊来的时候，小莫还真就拿出了一些衣服来。他抖着那些衣服说，如果你不嫌弃，这些也送给你。其实那些衣服一点也不旧，大都七八成新。

怎么会嫌弃呢？收破烂的又哆嗦起来，真是太感谢你们了。

不要说谢，反正我们也穿不了，放着也是放着。先申明一点，不是施舍。小莫说完故意看了小米一眼。

小米既没看他，也没搭腔。而是一转身，进卧室玩电脑去了。

小莫暗暗得意，事情已经取得了阶段性的成功。

收破烂的第三次来的时候，小莫没在家。小米打开门，多少有些惊讶，因为两次时间隔得太近，以至于那个纸箱子里还没有多少废旧的东西。

收破烂的大概看出了小米的心思，赶紧说，大姐，我这次不是来收废旧物品的，我给你们带了一点自家地里种的小米，很新鲜的，如果不嫌弃，就请你收下。

小米说，那怎么行呢？

收破烂的说，那怎么不行？

你们辛辛苦苦种出来的，我们怎么能白要？

将心比心嘛，我知道你们是好人，不能让好人吃亏。

小米说，吃什么亏了，不过是举手之劳的小事嘛。

我不跟你说了，说也说不过你，小米我先放这里，你们尝尝鲜，如果喜欢，以后我再拿点过来。收破烂的说完扭头就走，根本不给小米追上去的机会。

　　小米叹了口气，怔怔地看着那些金灿灿的小米，这样的情况倒是她未曾想到的。

　　晚饭，小米就拿那些小米煮了一锅稀饭，果然是新鲜的小米，一屋子都是它们的清香。

　　小莫下班回家，耸耸鼻子，马上一副陶醉的样子。小莫说，你这是从哪里买来的小米啊？多少年都没有闻到这么清香的气味了。

　　小米说，你猜猜看？

　　小莫说，粮店？

　　你再猜？

　　市场？

　　真笨，一个朋友送的。

　　哪里的朋友啊？

　　保密。

　　那一次晚饭，小米和小莫吃得都很香，那锅小米稀饭全被小莫打扫了，看着小莫刮锅底意犹未尽的馋样，小米不禁笑出了声。

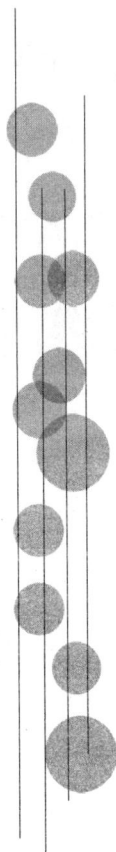

锄 禾

找到李根生，是在他家的玉米地里。跑这么大老远的路，李根生并没有任何欢迎的表示，只是淡淡地看我们一眼，继续为他的禾苗除草。

说心里话，我不怎么喜欢李根生，如果不是主编大人的死命令，我说啥也不会跑到这荒郊野地里来采访李根生，他李根生有什么了不起，不就是一个小小的科长，不就是做了一点与众不同的事情？

事情要从上个月说起，市资源局的一个副局长被"双规"，没成想拔起萝卜带出泥，副局长的"双规"案成了一起窝案，而唯独下面一个叫李根生的科长独善其身，这成了当时的一大新闻。主编觉得其中肯定有可挖掘的深层次的东西，就布置我们一定要采访到李根生。

本以为小菜一碟，没想到李根生极不配合，我们去了他单位好几次，都吃了闭门羹。有一次本来已经把他堵在办公室里了，他却一句"没什么可说的"起身而去，这样的答案显然不是我们想要的，于是我们就发挥了"宜将剩勇追穷寇"的本事，趁着他星期天回老家的机会，也偷偷地赶了过来。

看着他不紧不慢锄草的样子，我心急如焚。我说，李科长，如果你今天不接受我们的采访，那我们只好这样了，你去哪里，我们就跟到哪里。

李根生看了我们一眼，他的额上已经出汗了。他说，你们这样会让我分心的。

我说，那我们也没别的办法，你总不能让我们跟你到老吧？

李根生笑了笑，他的笑很淳朴。本来就没什么可说的，你们让我说什么？

我说，就谈谈在那样的环境里，你为什么能禁得住诱惑？

李根生停了手里的锄头，然后擦了一下头上的汗水说，你们知道，

我原来是个农民，如果不是上学的机缘，我依旧是一个农民。

我点点头，期待他继续说下去。

我们这里原来很穷，只是近几年才有了一些改变，你们知道吗？我上大学时的费用还是我的父老乡亲给我凑起来的呢。

我觉得他有些跑题，便赶紧打断他，还是谈谈工作上的事情吧。

李根生摇摇头，没接我的话茬，而是继续说，父亲送我上学的时候，曾千叮咛万嘱咐，毕业后一定要做个堂堂正正的人，否则对不起那些父老乡亲期盼的眼睛。

李根生顿了一下又说，做了一辈子农民的父亲，其实我的担心并不是多余的。我刚当上科长没多久，就有很多的销售商请我吃饭。那些饭规格都很高，用我父亲的话说，吃那样的饭菜是要折寿的。但是我都参加了，尽管我不想参加，可有些时候你身不由己。

我点点头，这样的经历我也曾有过。

有一年，一个销售商不知道怎么打听到了我父亲的生日，竟然跑到了我的老家，也就是这里。那一次父亲极其惊慌地把我喊回家，因为匆忙，我还借了一辆汽车。从我回家，父亲的脸色就没有晴朗过，甚至对我开回家的汽车连正眼都没有瞧一下。下午的时候，他非要带着我去给玉米间苗。一个下午，我们父子基本上都没有说话，快傍晚的时候，我们收工回家，看着那些被除掉的玉米苗，我情不自禁地说了一句"可惜"。没想到父亲却说，没什么可惜的，不除掉它们，剩下的苗也长不大，它们之间必须保持一定的距离才能够生存。我恍惚间有些醒悟，可是也没有往心里去。

晚饭的时候，父亲把我的几个姐姐也喊来了，他当着我们的面拿出了几张存折，那样子好像要分家产了，然而不是。父亲说，我老了，不知道哪天就进黄土了，今天当着你们大家的面，我把这些存款交给你们大姐，让她代为保存。正在我愣怔的时候，父亲又说，老二，你是家里唯一的男孩，本来应该把这些存折交给你的，可是我担心你以后有些事情说不清，还是交给你大姐好一些。

李根生的脸色绯红，不知道是说话的缘故，还是因为阳光的照射。

转天返城的时候，父亲抱出了那个销售商送来的烟酒，他一边往车厢里放，一边说，不是自己的，看着都不舒服，把这些都还给人家。还有，下次回来的时候，不要开别人的车，真想开的话，咱自己攒钱买

一辆。

那一路，我几乎是含着泪水的，复杂的心情你们是无法想象的。也就是从那时起，我养成了不间断回老家的习惯，我觉得只有在这广阔的天地里，才能够保持清醒的头脑。我们这个世界，有时是需要清醒的。

我的回答完了，可能会让你们失望。李根生挪动了一下双脚说，回去跟你们的领导说一下，与其费这么大的力气采访我，不如把注意力放在源头的遏制上，这个时代，一个人是改变不了什么的。

告别李根生，我们往回走。看着那些苗壮的禾苗，我忽然想起那首著名的《锄禾》，谁知盘中餐，粒粒皆辛苦。远处，李根生仍在锄着他的地，他的身影让整个大地都变得坚实起来。

小　别

老家打来电话，说娘病重，让她速归。

放下电话她就蒙了，娘怎么会病重呢，娘的身体不是一直好好的吗？况且自己走了，他们父子谁来照顾？

孩子还小，刚刚3岁，而男人习惯了粗心大意，对照顾孩子简直一窍不通。

男人也说，你走了我们怎么办？

她说，要不我们一块去？

男人说，可以是可以，但是万一儿子有个头疼脑热的，你也知道，农村那种条件，再说了，已经有一个病人了，再有一个，那就麻烦了。

她点点头，男人说的不是没有道理。

权衡半天，她还是决定自己回去。她拿了笔和纸，写了满满的两页，全都是怎么照顾儿子的内容。后来她又把男人要穿的衣服放在显眼的地方，说及时换，别太脏了。

男人感动地看着她说，你真好。

她觉得男人也好，不分开不知道分开之后的感受。自成家以后，她和男人还没有分开过，虽然也有过吵吵闹闹，但那只是雨过地皮湿，不妨大碍的。现在分别在即，还真有点舍不得。

男人说，你放心去吧，别看我平时粗心大意的，关键时刻还是能够抵挡一阵儿的。

她说，都是惯得你。

男人给她买了很多路上吃的东西，她说省点钱吧，我一个人凑合一下就可以了。

男人说，那怎么行呢，穷家富路。男人又掏了掏口袋，是一把碎票，男人说，也带上吧，带点零钱方便。

她推辞了一下，就接过来，不过临出门的时候还是掏出来，放在男人放烟的地方。

男人骑了摩托车送她，火车站上，男人千叮咛万嘱咐，说到家了一定打个电话，路上有什么事也要打个电话，什么时候回家也要打个电话，他好去火车站接她。

她掉眼泪了，不知道为什么，想止都止不住。

男人给她擦了擦眼泪说，一切都会好起来的，我和儿子等你回家。

火车开动了，她看见男人一直目送着火车的远去，那模样竟然有点傻乎乎。

其实男人一点都不傻，看着火车的远去，男人长长地吸了口气，然后拿出手机，拨通了那个熟悉的电话号码。男人说，她终于走了，我们可以自由了。

电话那边一个女人暧昧的笑让男人也像花儿一样地笑起来。

美丽的童话

那是一档电视访谈的直播节目，本来访谈的内容是创业的成功经验，没想到那个漂亮的女主持人却在最后问了他一句：都说成功男人的背后有一位伟大的女性，可以谈谈你的爱人吗？

问题很突然，他根本没有想到女主持人会问到这样的话题，他的心里一阵慌乱，不过，他还是很快控制住自己情绪，拒绝回答肯定是不行了，因为在他面前有那么多双祈望的眼睛。

他轻轻地咳了两声，然后正了正身子说，是的，没有我爱人的支持，我是走不到今天的。

直播室里很安静，大家都在静等着他和爱人之间的故事。

他说，我原来是个穷光蛋，高中没毕业就务农了，农村里的农活该干的都干过了。有一次我去县城里拉煤，途中碰到一个自行车坏在路上的女孩，那时天都黑了。

你们就这样认识了，女主持人插话道。

呵呵，他笑笑，是的，我帮她修好了自行车，然后又把她送回家，一来二去我们就相爱了。

那时的你很英俊吧，是不是很迷人的那种。

不，我刚才说了，我是一个穷光蛋，穷光蛋在那时的农村注定了是很难找到媳妇的。可是她的态度却很坚决，她说，她图的是人，而不是贫穷和富有。

现场有微微的感叹声。

成家后，我觉得在那样的环境里就是干到老，也没有什么发展，所以就跟着建筑队到城里打工来了。后来慢慢发展，就到了现在的地步。

那她呢？

开始她在家里照顾我的父母和孩子，泥里来土里去的，受了不少的

累，到现在我一想起她那时的样子，心里就有点酸楚。说白了，如果不是她在后面支撑起这个家，我根本无法安下心来搞自己的事业。

后来呢？

后来我把她、孩子、父母都接到城里，我想让他们都好好地享受一下生活，尤其我的爱人，她太不容易了。我觉得这辈子欠她的太多，想还都还不完。

有位名人说过，幸福的家庭都是相似的，不幸的家庭却各有各的不幸。女主持人站起身来，说，让我们一起祝福高总和他的爱人，还有他的家庭！

掌声响起来，他也站起来，依依不舍地与大家挥手作别，那一刻，他体会到了一种从没有过的荣耀和快乐。

上了汽车，他并没有马上发动引擎，而是抽出一支烟，淡淡的青烟像雾一样又让他回到一个人的现实当中，他想，她在干什么呢？会不会也在看电视中他的侃侃而谈。

他猜对了。她从头到尾看完了对他的采访后狠狠地说了一句：真不要脸！

是的，他讲了一个美丽的成人童话，他把两个人的故事给嫁接了，因为几年前他就和故事中的她分道扬镳了。

心 安

雨有些大起来，透过密密的雨帘，我看见他站在马路边，有些忧郁的表情被雨丝切割得若隐若现。雨水中奔驰而过的汽车给整个城市增加了一种焦灼的感觉。

怎么样？当他推门进来的时候，我不由得问道。

还是没人。他摇摇头，有些沮丧地在我对面的椅子上坐下来。他的身上落满了雨点，额头上也有一些。

他抽出一支烟，然后把目光投射过来。

要不要喝点酒？这样的时刻也许只有酒才能驱散这种不愉快的气氛。

他依旧摇摇头，你知道我是不喝酒的。

我刚想说什么，却忽然想起他从那一年开始就已经不喝酒了。

那就喝一点茶水吧。我招招手，勤快的男服务员快步地走过来。

他是我的朋友，曾经在一个单位工作过多年，后来因为那次偶然的事件，他离开我们，再后来，他远走他乡，现在已经是一个民营企业的老总了。

我说，其实你也不要老是自责，事情已经过去那么多年了。

怎么会呢？他淡淡地说，你不知道，每年的这一天，我一闭上眼睛就会想到那一幕，如果不是我，那个孩子也快20岁了。他的眉毛耸起来，烟雾在他面前形成了一层淡淡的薄雾。

我还记得那个孩子的模样，每天放学的时候，我总会看到他沿着人行道慢慢前行的身影，他的一条腿因为小儿麻痹，走起来很是吃力。

悲剧本来是可以避免的，如果他不喝酒，如果他不逞能，也许什么也不会发生。直到现在我还记得那一声凄厉的刹车声，当四周都静寂下来的时候，一切都晚了。

他后悔地顿足捶胸，他给那个孩子的父母跪下了，他说，他可以用

命来偿还。

但是孩子的父母并没有让他一命还一命，那两个因为给孩子看病而贫困交加的家长只顾着伤心了，他们不停地说着，孩子终于解脱了，终于解脱了。

在狱中改造的那几年，他戒了酒，他说，只有这样才能减轻一些心灵上的内疚。

出来后，每年的这一天，无论多忙，他都要亲自到那个孩子的父母家里，他说，这是他的义务，人家的孩子都没有了，我还活得好好的，这不公平。

但是这次，他显然没有完成心愿，从昨天，那个孩子的父母家里就没有人，不知道是出门了，还是在躲他。

雨越下越大了，在这样阴霾的天气里，我们的心情也像雨天一样，无法晴朗起来。

我喝了一口茶，苦涩的茶水一如这样的天气。

我说，如果今天再等不到，你明天就回去吧。

不。他坚定地摇摇头。

其实你也不用这样，那些钱我可以转交的。

不，亲自交到他们手里，我心安。

我沉默了，我不知道是不是该把那对父母的事情告诉他。

勤快的服务员又来添水的时候，他忽然像发现了什么似的，他盯着那个服务员的胳膊，然后轻轻地对我努努嘴说，他少了一只胳膊。

我点点头，其实我很早以前就知道了。

我说，你知道这个饭店的名字吗？

他摇摇头，并开始四处寻找饭店的标志。

不用找了，我告诉你，叫青松饭店。

青松？他惊诧地站起来，这不是那个孩子的名字吗？

我说，是的，饭店是孩子的父母开的，他们使用的服务员都是残疾人，我也是最近才知道的。我掏出那张报纸，上面有我采写的关于孩子父母的一篇通讯。

怎么会这样？他惊异地摇摇头，仿佛不相信我所说的这一切。

其实，他们和你一样，他们说，看见这些自食其力的孩子，他们也心安。当然我还要告诉你，这个饭店的资金都是你给他们的，他们说，不能平白无故地要别人的钱。

　　他的汗水悄悄地从额头渗出来。

　　我说，你们都是一样的人，都是为了寻求心安的一类人。

　　他没有说话，时间好像已经静止了。

　　外面的雨继续下着，噼噼啪啪的声音，仿佛把什么都打乱了。

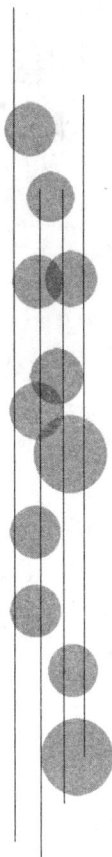

谁有病

我抖着报纸对老婆说，快来看啊，他明明是经理，怎么成了车间的技术员？真他妈的无耻！老婆一边疑惑地看着我，一边快速地拿过报纸扫了一眼，然后说了一句：神经病！

你才神经病呢！我愤愤不平地抢过那张报纸，明明是他们在弄虚作假，变相地争劳模，你却说我。不说你说谁？老婆厌烦地看着我，你就不能长点出息，自己的事还管不过来呢，你还有闲心管这些事？我说，我就是看不惯这种行为，还经理呢，真他妈的丢公司的脸。

看着老婆离去的身影，我多少有些失落，但我并不甘心。我把报纸拿到单位上给同事们看，开始大家还你一言我一语地义愤填膺，后来就没人感兴趣了。我说，你们都太麻木了，这样不公平的事情，就没有人敢站出来吗？他们说，你去吧，这样的事情只有你合适。看着同事们的表情，我的心中忽然生起一股浩然之气，既然大家看得起我，那我就去反映一下。

我去找单位的工会主席，因为劳模是工会评出来的。我抖着那张报纸说，白纸黑字，我想问问经理什么时候成了车间的技术员地？工会主席拿过报纸很认真地看了一下，然后有些不自然地笑笑，可能是印错了吧，报纸上常有的事情。我说，不会这么简单吧，你工会主席可不能做欺骗职工的事情啊！工会主席的脸色一下子暗下来，他说，这是工作时间，你脱岗是违反劳动纪律的。我说，弄虚作假就不违反纪律吗？我不怕。工会主席说，你不要无理取闹。我说，我闹什么了，我只不过想知道事实的真相。我没时间回答你！工会主席重重地关上了房门。

我无奈地回到班组，同事们听完结果都对我竖起了大拇指，说我是敢吃螃蟹的第一人。我受到了鼓舞，决心一定要讨个说法。

有一天，工会主席忽然找到我，他语重心长地说，老张，经理已经生气了，你已经给他造成了很坏的影响，我建议你先休息几天，什么时候来上班等通知。我一听就火了，你怕他的名誉受到影响，公司的名誉受到影响你怎么不怕呢，你至于这么拍马屁吗？工会主席的脸一下子就红了，后来他拍了桌子说，老张，我都是为你好，你要是这么不识抬举，那咱们就走着瞧。

我说，走着瞧就走着瞧，谁怕谁啊。

本以为工会主席一定是害怕了，可是事情根本没我想象得这么简单。

先是老婆的态度恶劣之极，她说，你在家里丢人不行，还要丢到单位上去吗？我真是瞎眼找了你这么个窝囊废！我说我窝囊吗，我据理力争恰恰说明我光明正大。老婆继续厌恶地说，你争这些东西有用吗？能管饱吗？我说，虽然管不了饱，但最起码说明我还是个有良知的人。老婆撇撇嘴，还良知呢，要不是我给你求情，人家早就给你颜色看了。我拍拍胸脯，让他们来，老子的血也不是白流的。老婆飞快地卷起铺盖，跑到隔壁，咣当，门狠狠地关上了。

我转而想求得同事们的支持，没想到大家都像躲瘟疫似的，看见我一来，就呼啦全散开了，有个同事干脆边走边唱：西边的太阳就要落山了。我心里冷极了，我决定找一下经理，也许这是解决问题最简单的办法了。但经理很难找，去了几次都吃了闭门羹，但我并不死心，我开始盯经理的梢，我想早晚会碰到他的。工夫不负有心人，几天之后的一个夜晚，我终于在他家楼门口喊住了他。他满嘴的酒气，走路一摇一晃，显然是喝多了。他看见我一点也不慌乱，他说，你就是那个老张啊。我点点头。他说，你找我有事吗？我说，我只是想问问你是哪个车间的技术员。经理忽然笑了，笑得很轻蔑，他说，我有必要告诉你吗，你是老几啊？我说，真不要脸。他说，你说什么，不要脸的人多了，我算什么，有本事你也不要脸啊，荒唐！他甩下我匆匆地上楼了。

随后的很多天，我都等不到经理了，即便是等到夜里十点多，也看不到他的踪影了，我想这小子一定是改变策略了，但是我不怕，我就是要问个究竟。我虽然没等到他，但还是有了不少的收获，我看见单位里的一个科长曾鬼鬼祟祟地从经理家里出来；还看见几个西装革履的人大包小包地敲了经理的房门，更让我惊讶的是工会主席竟然也敲了经理家的房门。那几夜我很失落，我生命中的一些东西仿佛都被抽走了。

有一天，我在家里看电视，忽然就看见了正在讲话的经理，他西装革履，头发锃亮，看上去很精神。如果经理讲一些生产经营的事情也就罢了，可是他讲的却是反腐倡廉的事情。那一刻，我的脑子一下子就空了，世界之大，真是无奇不有。我拉了老婆来看，她只看了几秒钟就说，姓张的，你再这样下去，我就和你离婚！

我没有和老婆离婚，单位却不让我去上班了，他们说，工资奖金一分钱也不少你的，你就在家里养老吧。

我果真就在家养老了，不过他们都说我病了，而且病入膏肓。

清　潭

山不高，也不奇伟，只因为有了一处清潭，在当地就有了很大的名气。

清潭不大，方圆也就一两里地的样子。潭里的水极清，用"清可见底"来描述似乎都有些俗了。如果仅仅是清澈倒也罢了，奇的是潭里的水不知从何处来，水底既看不到泉涌，周围也没有任何水流过来的痕迹。长年，潭里的水就那么多，无论下多大的雨，也不论多么干旱，水面永远是恒定的。更奇的是冬天它不结冰，夏天却奇凉。这样的一处清潭，你说能不出名吗？

这天，进山的路上忽然来了三五辆越野车，看样子便与普通的游客不一样。等车上的人钻出车门的时候，眼尖的人一下子就认出了带头的那位是本县的马县长，随后的是他的秘书小梁，其他的便都是一些陌生的面孔了，但从穿衣打扮上看，也都不俗。

这些人浩浩荡荡地奔清潭而来，看得出大家都很兴奋，尤其是马县长，他一边脱了身上的夹克，一边指指点点。大家都随声附和着，似乎谁也不想扫他的兴致。

秘书小梁落在了后面。这个时候，他知道不用自己上前，肯定也会有人争先恐后地替他照顾马县长的。这不，中午的饭局，就是其中的一个企业家提供的。那顿饭极尽豪华，连小梁这样见过世面的人都觉得奢侈了点。但他不是马县长，无法拒绝这样的宴请，只好闭着眼睛享受了。末了的时候，那个企业家趁他去厕所的时候，塞给了他一个信封。企业家一边往小梁的口袋里塞，一边说，一点小意思，以后还请兄弟多多帮忙。小梁本想拒绝的，可是又有人进厕所了，小梁也就没再吭声。一路上，小梁一直想着信封的事情，虽然在他的秘书生涯中，这样的事情并不是第一次遇到。

潭边到了，大家惊叹声不断，仿佛都被清澈幽深的潭水吸引住了。

季节是春末夏初，不冷不热的天气，很适合大家游玩。

面对着清澈的潭水，马县长忽然来了兴致，他说，谁还记得《小石潭记》那篇文章？

先是沉默了一会儿，后来一个人说，我记得开头好像是"从小丘西行百二十步，隔篁竹，闻水声"。

马县长笑笑说，不简单，不简单，还有谁记得？

另一个人说，还有一句是：潭中鱼可百许头，皆若空游无所依。

没错，那个企业家忽然插话说道，我也记得有这一句的。

还有谁能再说几句？马县长依旧兴致不减。

大家都苦思冥想的样子。

这时候，不知谁忽然说道，你们看，这水里怎么没有鱼呢？

经他这一提醒，大家才认真地去看，也真怪了，偌大的潭水里，还真找不到一条鱼的影子。

奇了怪了。有人低声说道。

这有什么奇怪的。企业家忽然说道，不是有句话说：水至清则无鱼嘛。这潭水正好印证了这个道理。

说得没错。马县长说，你们还都不知道这潭里没鱼吧，其实这也是清潭最神奇的地方了。

怎么会没鱼呢，可惜了这么好的水。有人嘟囔道。

小梁一直看着水面，其实他真的想找到一条鱼，哪怕很小的一条呢，可是没有，看来并不是所有的水都能养鱼。

想到这里的时候，小梁无意中又碰到了口袋里的那个信封。他抬头看看马县长，马县长正两手叉腰，一副直抒胸臆的样子。那个企业家一直黏糊在马县长身边，看来他的目的似乎已经达到了。

小梁忽然觉得有些寒冷，其实他记得《小石潭记》的全文，刚才没说，是他根本就不想说。在《小石潭记》后面，他记得还有这样的一句话：寂寥无人，凄神寒骨，悄怆幽邃……不可久居。

返回的路上，小梁一句话也没说。

后来传来的消息，小梁辞职了。大家都说小梁有些傻，那么好的位置，好多人都梦寐以求呢，这小子肯定是脑袋灌水了。

我们的秘密

从饭店里出来，张伟就有些醉了，他一边跟跄着脚步，一边拉着我说，你不能走，不能走。

我是不能走，他这个样子，我能走吗？我说，我送你回家。

张伟说，不，不回家，我要喝酒，喝酒。

我说，喝，我陪你喝。话虽这样说，可我还是架起他的胳膊，往他家的方向走。

刚走了几步，张伟就拨开了我的手，他一边拉着我，一边摇晃着说，你说，我刚才是不是话多了？

喝酒嘛，谁还不多说两句。我说。

其实那些话是不应该跟你说的，那是我的隐私。

我说，我嘴严，不会乱说的。

你千万要替我保密啊。

当然。我说，其实你这样做是不好的，有点对不起嫂子。

咳！别跟我说这些好不好？谁对我好，我就对谁好。

她真的对你好吗？

真好。

我不相信，现在的女人往往当面一套，背后一套的。

你不信？

我不相信。

你等着。张伟说着，从上衣口袋里拿出了手机。

我说，你给谁打电话？

张伟说，你说给谁打？当然是她了。

电话通了，让我惊讶的是，里面的声音我竟然很熟悉。

张伟说，我喝多了，你来接我吧。

电话里说，真的假的？

张伟说，是真的喝多了，我想你了。

电话里说，死鬼，这时候想老娘了，你早干吗去了？

张伟说，不是喝酒了吗？你再不来接我，我就睡大街上了。

电话里说，你在什么位置？我马上来。

张伟对着电话亲了一下，对我说，怎么样？这回你相信了吧，这样的女人哪里找去？

看着张伟得意的嘴脸，我却站不住了。我说，张伟，我得走了。

张伟说，你不准备见见她？

我说，不见最好，那是你的秘密，省得以后传扬出去你再怀疑是我说的。

你小子，真不够朋友。张伟蹲下来，很难受的样子。

我不再搭理张伟，转身快速地走开了。我知道要来接张伟的那个女人是谁，这个臭娘们，竟然脚踩两只船！

在一个无人的角落，我停下来，拿出手机，找到了那个娘们的电话，连犹豫都没有，一下就删除了。

都是好酒惹的祸

要过年了，老丁看着别人大包小包地往家里采购东西就有些眼热，老丁也想买，可是摸摸口袋，就只好把欲望悄悄地压下去。

对老丁的窘相，老婆早就下过定论：看你那两步走，我早就把你看透了。

老丁有些伤自尊，就说，现在知道说风凉话了，你早干吗去了？

老婆说，早看出来，我还能跟你过一辈子？

老丁还想说什么，可是老丁打住了，老丁知道就是说到天亮，也不会有一个正确的答案，再说了，老婆那人刀子嘴豆腐心，说过的话过一会儿就全忘了。

但老婆说他没本事，倒也没冤枉他。一块进厂的，当官的当官了，挣大钱的挣大钱去了，唯有他老丁，都40多岁了，还当着一个车间的技术员。老婆说，连我的脸都臊得慌。

不过，老丁倒没觉得当技术员有什么不好，技术员很符合他的性格，他就喜欢钻研技术，他发表过的论文都有厚厚的一大摞了，连厂长评职称也来找他代笔，这种荣幸，别人会有吗？

这不昨天，厂长就偷偷地把他喊到办公室，奖励了他1000块钱，说让他继续努力。

怀里揣了1000块钱，心情就大不一样了。老丁想，怎么也得买点什么吧？儿子的新衣服已经买了，老婆的化妆品前天也用他的私房钱买了，想来想去，老丁想到了自己，还是给自己买两瓶好酒吧。

要说老丁这人，除了钻研技术，就是爱喝两口。为了喝酒，老丁没少和老婆拌嘴。但最终老婆也没说服老丁，老丁的酒就一直坚持下来。

下班的时候，老丁路过一家超市，忽然被喇叭的广告吸引住了。原来是一家酒厂的推销。那酒老丁喝过，感觉还不错，不过今天的酒不便

宜，老丁凑上去问了问，一瓶200元。

犹豫了半天，老丁还是决定要犒劳一下自己，怎么着也辛苦一年了，不买新衣服，还不能喝点好酒吗？

走出超市的时候，老丁迎面正好遇上昔日的酒友老茂。

老茂说，老丁，买这么好的酒，日子不过了？

老丁说，不就两瓶酒，至于吗？

老茂说，不是送礼吧？

老丁说，什么话啊，长这么大，还不知道怎么送礼呢？

老茂说，你就忽悠吧，要说你自己喝这么好的酒，鬼才相信。

老丁说，你这人，真是不见棺材不掉泪，你等着。老丁三下五除二地去掉了包装，然后打开瓶盖，仰头就是一口。

老茂说，真是给自己买的啊？

老丁说，你门缝里看人。

老茂说，你别自己享受，给我也留点。

老丁说，想得美。

告别了老茂，老丁就有些飘飘然，好酒，感觉就是不一样啊。

还没进家门，就被出来倒垃圾的老婆看个正着。老婆先是一脸的惊讶，然后有些神秘地问，这么好的酒，谁送的？

老丁说，我又不是领导，谁能送我啊？

那哪里来的？

自己买的呗。老丁瞄了一眼老婆，老婆的脸色已经阴了下来。

你自己也舍得买这好酒？老婆的愤怒一下子爆发出来，这日子还过不过？房子的钱要交，儿子的学费要交，你自己倒是享受起来了！

这不是要过年了吗？老丁低声说。

过年怎么了，人家喝你也喝，人家有钱你有钱吗？老婆停顿了一下，继续机关枪，我爹的酒你买了吗？你爹的酒你买了吗？这酒明天给我爹拿过去，也算你一份孝心。

我都喝过了，还怎么送人。

我爹不嫌。老婆从他怀里夺过那两瓶酒，又说，还喝这么好的酒，也不看看自己什么德性？

老丁说，你说什么德性？看老婆又要瞪眼珠子，老丁赶快住嘴，算了，算了，好男不跟女斗。

春节刚过，老丈人忽然住院了，说他买的那两瓶酒是假酒。

老婆说，你那酒是从哪里买的？

老丁说，超市。

老婆说，哪个超市，我们找他去。

老丁就跟老婆怒气冲冲地去了超市，一言不合，竟动起了手脚。等110赶来的时候，店主已经被老丁打得不能动弹了。

老丁被拘留了，老茂来看他的时候说，什么人什么命，那酒也是你能喝的吗？

老丁看着老茂，什么话也没说，泪水却悄悄地流了一脸。

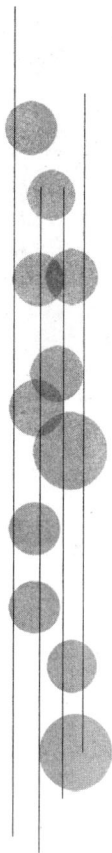

九 菊

九菊来的时候，刚刚十九岁，长长的头发，娇羞地站在门口，低低地喊一声：哥。

九菊长大了，不再是那个跟在父母身后哭鼻子的小女孩了，也不再是脸不洗就去上学的小学生了，九菊长成秋天里的一朵美丽的菊花了，带着田野的气息，站在那里，就让我看见了家乡广阔的青纱帐和青纱帐里纵横弥漫的风吹稻香。

妈妈说，你看九菊出落得，多么像"小芳"啊！

爸爸也说，这样的孩子，要是生活在城市，也是一朵花了。

九菊是花儿吗？九菊不就是花儿吗？像她小时候爷爷取名的寓意，九月里的一朵菊花啊。

九菊要去上班了，她躲在伯父的身后，像一只被惊吓的北方的麻雀，她一定是被那些流水一样的车辆吓坏了。伯母给她的手绢，被她藏在口袋里，都要捏出水来了，也没舍得拿出来擦一擦脑门上的细汗。

第一天上班回来，九菊的脸色有些惋惜，她悄悄地说，酒店里那些东西就那样白白扔掉了吗？

妈妈沉默了，爸爸也不吭声，我说，你没见过的东西多着呢，这没有什么大惊小怪的。

九菊不吭声了，她默默地吃饭，默默地捡掉在饭桌上的米粒儿。也许，透过窗外那一缕一缕的霓虹灯光，九菊的眼里，会出现家乡的大米，小麦和高粱，它们曾经那么艰难地呼吸，那么艰难地生长，就是为了被遗弃的命运吗？九菊的心疼得紧缩起来。夜里，她悄悄地擦了擦眼泪，一个人对着雪白的墙壁，想家乡的田间小路，想她赤脚走在上面的快乐时光。

第一个月下来，九菊腼腆地从口袋里掏出一小叠软软的纸币，那时她脸上的表情就像九月里暖暖的阳光，让整个大厅都亮堂起来。九菊说，我也能挣钱了。她的快乐影响了爸爸，也影响了妈妈。爸爸说，你们看九菊啊，就像一朵要开放的菊花。妈妈也说，这孩子，到处都是花的芳香。

我陪九菊去邮局给她家乡的爸妈寄钱，她说我要给伯父买一瓶酒，要给伯母买一条丝巾，我不能白吃饭啊。

倔强的九菊，不听我的劝说，她执拗的性格像田野里的一头小牛犊，可是爸爸看见酒笑了，他说，我都感到女儿一样的温暖了。妈妈也说，把她留下来吧，我们正好缺一个贴心的小棉袄呢。

休息的日子里，九菊从不来打搅我们，一个人看电视，声音控制得小小的，她压抑的笑声常常会从门缝里钻进来。我站在门外偷偷地看她，像欣赏一朵九月的菊花，她的美，就在她压抑的笑容里绽放开来。

我教给九菊读书，她的声音抑扬顿挫，她坐在我书架前的椅子上，她说，哥，这么多的书要看到哪一年哪一代啊？她细细的眉紧皱，她紧皱的眉让我的心也皱起来，她看不进那些书，就像看不惯酒店里白白扔掉的那些粮食，九月的菊花，在城市里没有它生长的土壤啊。

但九菊会在我读书的时候悄悄端来一杯水，她轻轻的脚步，就像田野上的清风，给我拂去一点点的疲倦。我站在窗前，看外面的阳光，那四射的光线，并没给我带来快乐，却有一种浅浅的忧伤，给我的心里增加些许的惆怅。

九菊走了，走的时候没有原因，爸爸说，不是挺好的吗？妈妈也说，乡下有什么可留恋的，这里有吃有喝，工作也不错。可是九菊只顾摇头，她阴郁的表情似乎受到了什么伤害，她说，想妈妈，想爸爸，想家。九菊的泪水就那样轻轻地流下来，打湿了关于那个季节的种种猜想。

我提着行李去送九菊，她犹豫的背影穿过高楼，穿过长长的街道，她的头发扬起整个雨季的心事，我看见九菊的面孔上竟然有一丝从未有过的轻松和自由。

车站上，九菊挥挥手，像是对我，又像是对这个城市，她的背影，很快就淹没在风一样的季节里。

九菊走了，她刚刚二十岁，也许她还会再来的，可是那时的菊花，还会有田野的气息吗？

暖 秋

闹钟还没响的时候,外屋的灯就亮了。大牛睁开眼,知道出门的时间到了。

恋恋不舍地爬起来,穿衣,下地,看桂花一个人在灶台上忙活。

别做了,我不想吃,大牛说。

不吃点东西怎么行?桂花头也没抬。

大牛愣愣地看了一会儿桂花,这个有些邋遢的女人,大牛不知道是该感激还是怨恨。

收了庄稼,地里的活儿就渐渐少下来,村里的男人们都一窝蜂地出去打工了。桂花让大牛也去,大牛说,不想去。

桂花说,人家都去了,你窝在家里干什么?

大牛想了想,其实大牛也没有什么理由,只是这个秋天,大牛就是觉得有些累,毕竟40多岁的人了,况且家里也不是没活干。大牛说,就不能让我歇一秋?

桂花说,你说得轻巧,你看看全村过得最好的水生都出去了,你能坐得住?是你的房子比别人的好,还是你有车,有钱?

大牛不说话了,大牛知道说不过桂花,干脆闭嘴。

桂花又说,别以为我不心疼你,可现实就是这样,再过两年,儿子也该成家了,你不得多攒点钱,到时候抓瞎啊?

提到儿子,大牛的心里一下子舒坦多了。儿子是他的命根,小伙子虽然没考上大学,可是在外面也站稳了脚跟,说什么也不回农村了。

大牛知道,外面什么都贵,为了儿子,是得多攒点钱。

大牛说,不就是看我闲着你生气吗?我走,过年也别让我回来。

桂花说,看你这人,名字叫大牛,就真牛气吗?你过年不回来试试,我跟别人过去。

你敢，大牛粗壮的胳膊一把揽住桂花的腰，恶狠狠地说，小心我掐断了你的腰。

你掐啊，现在就掐。桂花挺着胸脯凑上来，大牛的心一下子就软了，这女人，有味道，有时候让他迷醉。

昨晚，该做的事儿都做了，要不是为了挣钱，大牛真迷恋那热乎乎的被窝啊。

桂花的手艺很不错，葱花炝锅的手擀面，闻着就有一股子的清香。

桂花说，赶快吃，别误了车。

大牛说，误了就误了，反正我也不想去。

桂花拧了大牛的耳朵说，要是误了车，你就给我走着去。

大牛说，你真想让我走，外面那么乱，你就放心？

桂花说，你少跟我找借口，爱去不去，你不去，我去。桂花说着，就去院子里整理电动三轮车了。

天蒙蒙亮了，桂花把大牛的行李放到三轮车上，说，上车。

大牛说，真舍不得你呢。

桂花白了一眼大牛说，上车。

大牛磨磨蹭蹭地爬上车，长叹一口气说，天下最毒妇人心啊。

桂花突然开动了三轮车，大牛晃了一下，差一点从车上掉下来。

汽车站到了，桂花说，到了给我来电话。

大牛说，打什么电话？省得你心烦。

桂花又白大牛一眼说，爱打不打，我走了。

大牛看着桂花离去的背影，忽然觉得方向不对头，就大声地喊道，桂花，你去哪儿？

桂花停了三轮车，冲大牛挥挥手说，我去批发点咸菜，今天村里赶大集，去晚了就没摊位了。

这个女人，大牛摇摇头，一刻也闲不住啊。

天已经亮了，看看东方的鱼肚白，又是一个好天气。

挽 救

小亮说，我要去见见支书。

父亲抬头看看小亮说，你刚回来，还是休息一下吧。

小亮说，不累，我就想见见他呢。

父亲说，算了，过去的事都过去了，再说了，他现在也不是支书了。

那我也要去见见他。小亮说着，就出了家门。

小亮家在后街，支书家在前街，中间隔着一条马路。那马路正施着工，到处是石子土块。小亮前后看了看那条马路，不由得皱了皱眉头。

小亮得到的信息，这条路已经修了多半年了，按说早该完工了，可是一直拖到现在也没有收尾，村里的人早就有怨言了。

支书没出门，正在家里抽烟呢。

小亮说，支书忙呢？

支书看了一眼小亮，又兀自抽了一口烟，等把烟吐出来才说，不忙。

支书老了，这是小亮的印象，想当年，支书可不是这个慢吞吞的样子。

听说你在外面发了？支书弹弹烟灰，心不在焉地说。

托支书的福，没你说得那样严重，只是挣了一点小钱。小亮说。

还跟我遮着盖着？支书看了一眼小亮的身后，目光有些迷茫。

有什么事能瞒得了你？需要帮忙的话你说话。小亮说。

我能需要你帮什么忙，只要你不记恨我就行了。

怎么会啊，支书你还记着当年的事儿呢？

能不记得吗？我一直等着你来找我的这一天呢。

我可没那么小人，小亮笑了笑说，都是我当年不懂事，也该受点教训，不过要不是你把我送进去，我也没有今天。

我也后悔呢，不过一块宅基地的事儿，何必弄得头破血流呢？

算了，不提过去的事儿了。

那你今天来……

我想把咱村的那条马路承包下来。

这事不归我管，你找现任的支书吧。

现任的支书你不认识吗？

认识啊。

这就对了，他是你儿子，他能听你的。

那可不一定，儿大不由爷，再说了，我不想操他的心。

真的吗？

真的。

那好，小亮从怀里摸了摸，然后掏出几张照片说，这是你儿子的汽车吧，这是你儿子的别墅吧，还有这个女人，你应该认识。

支书只扫了一眼照片，脸色就黑下来。车和别墅他都熟悉，而儿子搂着的那个女人竟是村里的马寡妇。

你想干什么？支书站起来，他已经感到了来自于小亮的那种威胁。

不想做什么。小亮收起照片，然后说，如果那条马路再拖下去，你儿子的下场你是应该知道的。

你威胁我？

不是，我只想把那条马路尽快修好。

那条马路已经承包出去了。

我找你的目的正是这个，我要接手这个工程。

你赚不到钱的。

我没想赚钱，我赚的钱已经够多了。

那你？支书怀疑地看看小亮，这个有些陌生的面孔，让他半信半疑。关于那条路的事，儿子曾跟他说过，承包工程的包工头跑了，那条路成了烂尾工程。而且他还知道，儿子在其中捞了不少的好处。现在小亮竟然要接手这个工程，真是傻小子啊。

支书按捺住怦怦乱跳的心，又坐下来。

小亮，你也坐吧。这时支书才发现小亮一直是站着的。

不坐了。小亮扬扬手里的照片，如果你儿子没意见，我就把照片还给他，否则，他就是我当年的下场。

应该没意见，没意见的。看着小亮离去的背影，支书摸摸脑门，竟是满脑门子的汗水。

绝 招 儿

老茂回来的时候，二丫已经把饭做好了。

看着愁眉苦脸的老茂，二丫说，哥，先吃饭。

二丫是老茂的炊事员，说白了就是给工程队做饭的，是老茂有一天从街上带回来的。当时的二丫一脸土灰，不知道的还以为是个乞丐，可是等二丫把脸洗干净了，却也挺顺眼的。

老茂看着那些饭菜，根本就吃不下。老茂说，二丫，你忙去吧，我要安静一会儿。

二丫没有马上转身走开，而是说，哥，又碰壁了吧？

老茂叹口气说，什么办法都用上了，可那个高经理就是不松口，他奶奶的，这世道，欠账的都是大爷。

哪个高经理？二丫说，就是常来工地的那个麻子脸吗？

老茂说，就是那个混蛋！

二丫说，哥，要不我去试试？

啥？老茂吃惊地抬起头，你去要账？

是啊。二丫说，哥把我带到工地上，除了烧火做饭，我还没替哥出力呢。

别开玩笑了。老茂摇摇头说，你忙去吧，我再想想别的办法。

二丫说，死马当活马医总可以吧，再说了，女人有女人的优势。

你可别胡来。老茂皱起眉头。

哥，试试总可以吧。

你愿意试就试，别惹事就行。

二丫说，好，那我下午就去。

不行就赶紧回来。

知道了，哥。

二丫回来的时候已是傍晚了，看她兴高采烈的样子，大家都围过来。

哥，那事成了。二丫轻描淡写。

真的？老茂不相信地看着二丫。

可不真的？二丫笑着说，那个麻子脸让你明天去提款。

蒙我吧？老茂拍拍头说，咱不带蒙人的。

二丫说，哥，谁蒙你了，是真的。二丫喝了口水又说，我下午去的时候，那个麻子脸根本就不见我，还让他手下的人赶我走。

嗯，你怎样了？老茂问。

我不走，我对他手下的人说，我是高经理的"小三儿"，他们一下就都松了手。

啊？老茂吃惊地睁大了眼睛。

我一看挺奏效，干脆一不做二不休，往楼道上一坐，就胡诌开了。

你都胡诌些啥？老茂这下更吃惊了。

我就对他们说了高经理包养我的经过，说他给我买了房子，还说我已经怀了他的骨肉，他现在又另觅新欢，想把我甩掉。

你真能编。老茂说。

你猜怎么着，刚开了个头，那个麻子脸就坐不住了，他竟然叫手下把我带进了他的办公室。

后来呢？

开始他说我污蔑，要我承担法律责任。我说，承担就承担，反正不给钱我就不走。

后来呢？

我说还要找他的领导反映情况，他就软了，答应先给一半，那一半只要我不去闹了，一个月以后给。

二丫你真行。

我说过嘛，女人有女人的优势。

可是你这一闹，不坏了那个高经理的名声？

坏了他的名声？还坏了我的名声呢。

好，二丫，哥要重奖你。

那倒不用，算是报答哥对我的照顾吧。

转天，老茂就从高经理那里领回了一半的工程款。正在他期待着另一半工程款的时候，却听到了一个不好的消息，又有"小三儿"去高经理那里闹了，不过这次不是二丫，而是另外一个陌生的女子。

熟悉的陌生人

刚进报社不久，主编就安排我去采访一个老人。这个老人的事迹很突出，说他资助了十几个贫困大学生。开始他隐姓埋名，后来在市里组织的"我们身边的好人"活动中被他资助的学生们给推举出来，所以他不得不承认自己做了那些好事。我的任务就是要采访一下老人这样做的动机。

看着主编给我的老人的地址，我忽然觉得有些眼熟，这不是我生活的那个小区吗？难道那个老人就生活在我的周围？带着疑问，我按图索骥找到了老人的家庭住址，原来他就在我居住楼房的最后一排，和我只隔着两栋楼。

老人的家在一楼，敲开门，我就被眼前的老人惊呆了，怎么会是他？老人的屋子里很乱，到处是乱七八糟的捡来的东西，如果不是事先有约，也许更乱。

看到我，他显得有些尴尬，而我更是尴尬到了极点。老人对我来说并不陌生，也许可以说很熟悉，他是我们这个小区的"破烂王"。

每天，我都会看到他骑着一辆三轮车，奔波在每个生活小区的垃圾池边。那时他常常拿着一个铁质的钩子，很认真地在垃圾中寻找他认为有价值的东西。我从来也没跟他打过招呼，甚至没有正眼看上他几眼。没想到现在，我却要用审视的目光来仔细打量他的世界了。

老人的话不多，因为紧张，说话有些磕巴。我告诉他别急，我说您的事迹经过我们的宣传会感动整个城市。

他听了摆摆手说，这不是我做好事的目的，你们千万不要夸大了啊。

他一直躲闪着我的目光，似乎怕我知道的太多。说话的间隙，他一直来回抚摸着粗糙的双手。其实我很早就注意到他的手了，那上面缠满了道道胶布。

他独身一人，老伴早年去世了，有一个女儿在外地成家立业。他说自己闲来无事，又没有什么技术，权当给自己找点事做吧，这样会老得慢一些。

我笑笑，他的理由也许真的就这么简单。

他说，我的事情不用宣传，一把年纪了，脸皮也薄呢。

我说，不是年纪的问题，正因为您的年纪，才会唤起更多的人来加入到您的爱心行列中。

他说，不用的，我纯属没事找事，你们不一样，有文化，有理想，不能干这些事的。

我被他的话语打动了，在他卑微的内心世界里，也许还意识不到他行为的巨大意义。

告别老人的时候，我多少有一些恋恋不舍。在这个世界上，有的人，你天天相处，并不一定能够有多深的印象，而有的人，你认识他一次，就能够记住他的一生。

我的采访稿件很快就写好了，我用最大的热情讴歌了一个拾荒老人崇高的内心世界，连主编看后都说，这是我进报社后写得最好的一篇稿件。

但就在报纸即将付印的时候，主编却撤下了那篇稿件。主编说，他实在不忍心看一个老人三番五次地来求他不要宣传自己的事迹，那样将失去他做这些事情的意义，心灵上会受到谴责。主编还说，他昨晚竟买了烟酒跑到我家里，真是于心不忍啊。

我无语，为我的稿件，为老人的坚持。

稿件最后没发，但是主编却说，今后我们报社也要成立一个爱心小组，用我们的实际行动来表达对一个老人的敬意。

大家都报了名，一个也没落下。

招 工

大发第一次回村里招工的时候，志明就有些动心，但是月菊不同意，月菊说，人争一口气，佛争一炷香，离了他大发咱就不活了？志明说，你看别的壮劳力都出去打工了，我总不能天天待在家里让别人笑话吧。

月菊说，非在他那棵树上吊死？咱去别的地方找活干。

志明就真的去别的地方打工了，可是没一个月，志明就灰头土脸地回来了。志明说，不行，在外面单枪匹马地自己闯，挣不到钱不说，还老受别人的欺负，我受不了那个罪。

窝囊！月菊本想数落一下志明，可是看看志明风尘仆仆的脸色，心又软下来。月菊说，受不了那个罪，就好好在家种地。

本来可以去大发那里的。志明嘟囔着。

闭嘴，月菊瞪了眼睛，少跟我提大发。

大发第二次回来招工的时候是开着帕萨特回来的，漂亮的汽车一进村就吸引了左邻右舍的目光，大家都啧啧羡慕。月菊也羡慕，可她只是远远地看了，不靠前。

月菊不靠前，大发却找上门来了。大发说，让志明跟我去吧，再不好也比在家里种地强。志明点点头，可是月菊却用眼色制止了。月菊说，家里的地离不了他呢。大发说，过去的事都过去了，我也是想给家乡做点事情。月菊说，如果你真的想做好事，就把你家的地让给我们种吧，反正你家的地荒着也是荒着。大发说，那敢情好，我也正愁那些地没人种呢，你们尽管种好了。月菊说，一言为定。大发说，不反悔。

大发走了，志明却生气了。志明说，你想让我在黄土里干一辈子？月菊说，不干一辈子怎么办？有本事你去闯啊？志明说，放着好好的机会不让去，却非要闯？

你不嫌丢人，我还气短呢，想当初，大发他爹是怎么刁难咱的，为了批块宅基地，竟让我嫁给他儿子。

不都是过去的事情了吗？我不也没计较吗？

窝囊废！月菊说着，把手里的扫把一扔说，从今天开始，你就在家好好地种地，我都想好了，把别人不种的地咱都承包过来，我就不信，铁树还能开花呢！

又是种地，什么时候能不种地了？

你什么时候把地种好了，咱就不种了。

志明摇摇头，真没见过你这样的，都什么年代了，还天天想着种地？

你不种我种，离了你我照样行。

月菊说到做到，她挨家挨户去做工作，一个礼拜下来，竟承包了30多亩别人家荒弃的土地。

几个月下来，月菊又黑又瘦，志明看了心疼，也变得勤快起来。

第一年，月菊和志明大获丰收。志明说，月菊你还真行呢。

月菊说，不干怎么知道自己行不行，我想今年再多承包一些地。

志明说，我看行，我们都快成种粮大户了。

第二年，丰收的时候，志明看着那一望无垠的庄稼说，当初光顾着承包地了，可是收获的时候忙不过来啊。

月菊说，别急，我有办法。

第二天，月菊就进城了，她找到大发，想在城市里找点钟点工。

大发说，你脑子没毛病吧？

月菊说，你脑子才有毛病呢，亏你还在城里生活了这么多年，现在都时兴农家乐，你帮我想想办法。

招工广告打出去，没想到来报名的人还真不少，看着那些兴致勃勃的男女老少，大发有些纳闷，还有去农村找活儿干的城里人，莫不是都疯了吗？

小区门口的补鞋摊儿

乍暖还寒的时候，小区门口多了一个补鞋摊儿。

摊主姓冯，年龄看上去不小了，有五十岁吗？等熟悉了，冯鞋匠伸出两个手指，五十有二了。

大家说，一点也不像。冯鞋匠呲牙一笑说，怎么不像，天天和庄稼打交道，哪像你们，在办公室呆着，不能比啊。

大家这才知道，冯鞋匠是从农村来的。问他进城的理由，冯鞋匠说，我儿子在这儿上高中，陪读。又说，那孩子死活不让我出来干这活儿，你说我不补鞋，能干吗呢？总不能天天呆着坐吃山空吧。

大家都点头，觉得冯鞋匠挺不容易。

冯鞋匠的手艺不错，认真，价格又便宜，很快就赢得了大家的好感，都说，冯鞋匠来得真是时候。

虽然冯鞋匠给大家带来了方便，但是冯鞋匠的活儿并不多。大部分的时间里，冯鞋匠都是坐在那里晒太阳。久了，就有几个老头凑过来，和冯鞋匠打牌混时间。

开始冯鞋匠还不好意思，毕竟有城乡之间的差别，说话、出牌都放不开，时间一长，大家都熟悉了，冯鞋匠才没了拘束感，几个人吆五喝六的，看上去倒也和谐。

和冯鞋匠打牌的老者中，有个高局长。那几个老者都称呼高局长，冯鞋匠也这样称呼，但高局长退休前是做什么的，冯鞋匠一概不知。高局长本人也不介意，有时候还会说，早不是局长了，叫老高就行了。

虽然高局长这样说，但是冯鞋匠还是看出了高局长的与众不同，比如高局长出牌，很慎重，尤其在关键的时候，考虑再三才出牌。还有高局长说话，很少带脏字，即便是语气重的时候也只是说个他妈的。不像其他的老者说走了嘴，就什么都不顾了。所以冯鞋匠很敬畏高局长，觉

得和他这样的城里人一起打牌真是一种荣幸。

有一段时间，高局长没来，冯鞋匠就很纳闷，打听了一下，说高局长去外地看女儿了。没有了高局长的日子虽然和以往没什么两样，但对冯鞋匠来说，还是觉得缺少了点什么。

这天，冯鞋匠正在补鞋的时候，忽然驶来了一辆汽车，车上下来两个穿制服的人。其中一个年轻人说，你是这鞋摊的摊主？冯鞋匠点点头。年轻人说，谁让你在这里摆摊的？

冯鞋匠说，是我自己摆的。年轻人说，赶快挪走，你也不看看这是你补鞋的地方吗？冯鞋匠左右看了看说，也没标志说不让补鞋啊。年轻人说，少废话，赶快挪走，要不就没收你的机器。冯鞋匠说，好好，马上就挪，马上就挪。但是打牌的几个老者却不同意，他们围住那两个穿制服的人，你一句，他一句，纷纷替冯鞋匠说好话。但那两个穿制服的人根本听不进去，还是那个年轻人说，下次再看到你在这里补鞋，马上没收机器！

冯鞋匠虽然有些留恋，但还是挪走了。没有了冯鞋匠的小区门口一时冷清下来，倒让那些喜欢打牌的老者们一时无所适从。

有一天，冯鞋匠忽然在马路上遇到了高局长。高局长说，冯鞋匠，你跑哪儿去了，我还要跟你打牌呢？冯鞋匠眼圈一红说，不让在那里干了，挪地方了。谁不让干了？高局长皱起眉头，你明天再过来，有事我替你兜着。冯鞋匠说，不麻烦您了，在哪儿补鞋都一样。高局长说，不成，就在小区门口补，我明天等你。

冯鞋匠又出现在小区门口了，那些老者们都很高兴，毕竟又可以在一块打牌了。

那两个穿制服的人是几天后出现在小区门口的，他们过来不由分说就搬冯鞋匠的机器，冯鞋匠一边说着好话，一边护着机器，正在不可开交的时候，忽然一声大喝，高局长站了出来。那两个人吓了一跳，等看清大喝的人是高局长时，态度一下子恭敬起来，高局，您怎么也在这儿？怎么了，只兴你们来，我就不能来吗？不是这个意思，年轻人说，这不影响了市容。行了行了，高局长打断那年轻人的话，影响什么市容了；得饶人处且饶人，你们领导那儿我去说。

那两个人走了，一切又都恢复了原样，只是冯鞋匠有时会呆呆地发愣，他不知道是该感谢高局长，还是该离开这个陌生的城市。

添 乱

还在路上的时候，老万就接到了小波的电话，小波说，嫂子从老家来了。老万皱皱眉头说，不是不让她来吗？小波说，说是来看看你。老万收了手机说，添乱！

想一想，老万已经快一年没见到老婆了，不是不想，而是回不去。这一年的工程紧赶慢赶，还是在最后关头出了问题。虽然工程完成了，可是对方一直拖欠着工资不给，大家都等着工资急于回家过年。其实老万也急，他不能失信于跟自己一起摸爬滚打的这些兄弟们，不给大家发工资，回去后怎么有脸见江东父老啊？这不刚才，他还去找了一回工程方，想争取一个月的工资，可是张经理根本不见他。在这个节骨眼上，老婆从老家赶过来，不是添乱是什么？

一个星期之前，老婆就打来电话说要来看看他，可是被老万拒绝了。老万说，马上就要过年了，工程队也准备返程了，你在家里照看好父母孩子就行了，别添乱了。老婆在电话里很不高兴，说，老万，你过年能回来吗？一家老小可都盼着呢。老婆的话正点到老万心坎上，其实连老万自己也不知道，自己能不能回家过年。

老万不想见老婆，就找了个干净的台阶坐下来默默地发愁。为了要回工程的款项，老万想了很多的办法，甚至连跳楼的办法都想到了，可是对方根本不当回事，有一次张经理甚至说，你跳楼死了，我顶多不在这儿当经理了，可是到了别的地方，我照样当经理。你以为我们故意拖欠你们的工资，根本不是那么回事，我们有我们的难处。

张经理的话老万半信半疑，可是等下去，兄弟们还不炸了锅。

电话又响了，依旧是小波打来的。小波说，哥，用不用去接你一下？

老万说，接什么接！天塌了，还是地陷了，添乱！

收了电话，老万站起来。他有些懊恼地摇摇头，狠狠地骂了一句，

他奶奶的。

一年不见，老婆比以前黑多了。老万勉强挤出个笑脸，看了老婆一眼，算是打了招呼。

老婆看上去很高兴，有几分羞涩，还有几分兴奋。

只是老万没心思迎接老婆的羞涩，虽然在心里，他是那么地渴望老婆得到来。

饭都做好了，不知道是小波做的，还是老婆做的，摆了一桌子，很丰盛。

老万却没有一点胃口，他坐在一边默默地抽烟，屋子里都雾蒙蒙的了。

不是让你少抽点吗？总是不改。老婆上来要夺老万的烟，老万却躲开了。

老万说，你吃饭吧，早早休息。

你呢？

我吃不下。

不吃饭怎么行？

你什么时候回去？老万眯起眼睛。

怎么了？刚来就要撵我回去？

不是，这不要过年了吗？家里离不开你。

谁说离不开？咱爹娘说了，你要是回去过年，我就和你一起回去。你要是不回家过年，就让我在这里陪着你。

别添乱了，你先回去，我处理完工程的事就赶回去。

工程的事你能处理得完吗？别再自欺欺人了。

你都知道了？老万疑惑地看着老婆。

老家早就嚷嚷开了，人家都在骂你呢？

骂我什么？

骗子呗。

我是那种人吗？

我和爹娘也不相信你是那种人，所以就让我赶来了。

哦。老万摇摇头，你来了又能解决什么呢？不过是多花些路费而已。

多一个人总是多一份力量吧。老婆一边说着，一边关上了房门，然后开始脱自己的裤子。

老万惊诧地看着老婆，这个婆娘，真是等不及了。

是钱，老婆从内裤里掏出来的都是钱。左一撂，右一撂，一会儿的工夫，竟然有好几撂。

咱爹娘说了，别管多少，先让大家回去过个年，其他的事过完年再说。

老万捂住脸，再也控制不住，泪水从指缝间悄悄地流出来。

房顶的那边

他爬上房顶的时候，张三和李四已经在上面了。

不过张三和李四并没有干活，而是凑在一起向房顶的那边聚精会神地看着，似乎还在窃窃私语。

他说，你们两个在看什么呢？

听到他的声音，张三和李四同时转过身来，不好意思地看看他，然后弯下腰拿铁锹干活。

那边有什么可看的？他看看张三，又看看李四。

张三看看他，有些忸怩，又有些吞吐，说，没啥。

不会吧，他瞪了张三一眼，跟我还不说实话。他一边说着，一边向那边走过去。

不用过去了，李四忽然说，那边是个女浴室。

他怔了一下，忽然明白了，房顶的那边正是单位女浴室的方向。你们啊，都什么素质！

张三和李四红了脸，显然都听懂了他话里的意思。

丢人，他挥一下手说，干活！

张三和李四互相看了一眼，然后吐吐舌头，开始清理房顶上的垃圾。

清理了一会儿，张三停下来说，其实我们也是无意中看到的，你看这垃圾被风一吹就到那边了，我们过去捡的时候，就无意中看到了。张三看着他的脸色，有些忍不住的笑意。

他绷住脸，说，少跟我解释，这事到此为止，回去后不准跟任何人提起！

我不说，李四说。

我也不说，张三说。

这就对了，说出去，你们两个就没法做人了。

连你也解释不清了，李四坏坏地看着他。

干活！他瞪一下眼，干活！

房顶上的风果然很大，有些垃圾被风一吹，果然就都刮到房顶那边去了。他看着那边，眼前忽然出现了浴室里面的身影。

头儿，你是不是也想过去看看？看他出神，李四不怀好意地说。

看你个头，他回过神来，赶快干活！

张三和李四就赶快干活。

他也干活，要不那些垃圾光靠张三和李四半天也捡不完。

干了一会儿，张三把铁锨一放说，头儿，我累了。

他看看张三头上的汗水，就说，歇会儿，歇会儿。

放下铁锨，三个人都坐下来。从这里向办公楼望去，能模模糊糊地看见那些办公室里的人影和摆设。他擦擦汗，他也累了。

你瞧咱这命，人家在那边洗澡，我们却在这里卖苦力，人和人，差距怎么这么大呢？张三边说着，边抬屁股向女浴室那边张望。

他知道，从这个角度，什么都不会看到。但他还是说，张三，咱就不能长点出息？

什么出息？张三反问道，我就这水平，不像你们当头儿的，假正经。

李四捂着嘴，有些幸灾乐祸的眼神。

我什么时候假正经了？

头儿，那我问你，你就不想看看浴室里的女人？

有啥可看的？不就是个女人吗？

那你想看啥？张三得寸进尺。

你说我想看到什么？他拍拍手站起来，说，我就想看你们干活。

张三和李四无奈地站起来，继续清理垃圾。

黄昏的时候，垃圾终于清理干净了，他说，你们先下去吧。

那你呢？李四似乎不放心他。

我打个电话，马上就下去。他掏出手机，开始跟上级汇报工作。

张三和李四的身影消失了，他站在房顶上，看看四周，忽然间感到了一种从没有过的自由。

他收了手机，然后悄悄地向房顶的那边走过去。

然而，他什么都没看到，女浴室那边的窗户被什么挡着，别说女人，连灯光都没有。

道　具

那次笔会他本来不想参加了，可是架不住小张的一再要求。小张是他的学生，当年小伙子走上写作的道路还是受他的影响。经过他的点拨，小伙子这些年已经有了不小的影响。这次笔会就是小张组织的，小张说，来参加活动的作家中有不少腕儿，咱们这里也要有几个有分量的，您务必要参加。

说起分量，那是很早以前的事了。早年，他的确有过几篇叫得响的作品，不过这些年，因为年纪大了，作品相对少了，早已经没有什么所谓的分量了，如果说有，那也只是吃老本罢了。

笔会组织得不错，同行见面，免不了互相寒暄问好，不管熟悉的还是不熟悉的都装作如雷贯耳的样子。那些作家中有他认识的，也有他不认识的，可是不管认识的，还是不认识的，都抢着和他合影，有一阵子他都有些应接不暇了。小张说，您看看，您要是不参加，不知道会议会减色多少。

不管小张说的是不是心里话，他都很高兴，毕竟大家还没有忘记他，毕竟他的影响力还在。

一高兴，他的话不觉就多起来。尤其对几个围在他身边的年轻女作家，更是不遗余力，恨不得把自己毕生的经验都传给她们。有几个眼热的老作家就对他挤挤眼说，人老心不老嘛！

他知道他们话里的意思，却也不往心里去，依旧我行我素，深得几个女作家的拥护。

在饭局上，他都坐在了主宾的位置上，不是他想坐，是年轻人都往那个位置上让他，他推辞不掉，干脆也就坐了。开始他也没意识到什么，等到和他坐一个桌子上的老作家越来越少的时候，他才忽然意识到，自己是不是太倚老卖老了，自己忽视了那些有职位的作家的感受了。可是

等他意识到的时候，会议也接近尾声了。

会议结束的时候，发生了一个小小的不愉快，因为对某个作家作品的认识问题，与会的两个作家产生了争执。年纪大的作家说那个作家的作品角度新颖，反映的社会问题尖锐，是一个好作品。而年龄小的作家却说那个作家的作品流于表面，语言结构都一般。争执得不可开交的时候，人们把目光都对准了他。他没读过那个作家的那部作品，也不好说什么，只是说，智者见智，仁者见仁，有不同的看法是很正常的，属于正常的争鸣，没必要非要分出个对错来。

因为他的介入，两个作家之间的不愉快没再继续下去，但是那个年龄小的作家却一直不依不饶地跟在他身后，对那个年纪大的作家愤愤不平：仗着自己是个什么破副主席，就听不进别人的意见，有啥了不起啊，坐在那里像个人物，其实就是个充充门面的道具而已。

他没接年龄小的作家的话茬，只是愣了一下，就跟那些作家们一一告别，不声不响地回家了。

后来他再也没参加过什么笔会，不管小张怎样要求，他都是一句话，年纪大了，把机会留给年轻人吧。

风　向

快到轧钢车间门口的时候，新来的杨厂长忽然停住了脚步。

杨厂长看到了一副标语，红底黄字的横幅显然是刚挂上不久。吸引杨厂长的并不是横幅的新旧，而是横幅上面的字句：工作在一线开展，问题在一线解决，经验在一线积累，才干在一线增长。杨厂长看着标语有点眼熟，后来忽然一拍脑袋，杨厂长想起来了，横幅上的字句正是自己昨天在中层干部会议上刚刚讲过的，没想到，这么快就被车间挂出来了。

杨厂长认真地回忆了一下昨天参加会议的人员，他初来乍到，对一些中层干部还不是很熟悉，但是对坐在"轧钢车间"位置上的那个人还是有那么一点点印象，大约四十来岁，小眼，透着一股子的干练。杨厂长记得，自己讲话的时候，那个人一直不停地写着，好像一刻也没有停止，全神贯注的样子一度让杨厂长觉得这个濒临倒闭的轧钢厂还是有希望的。现在杨厂长忽然涌起了想见见这个人的念头，好有头脑的一个人啊。

有了这样的想法，杨厂长的脚步不由得转向了轧钢车间的大门，本来这个夜晚，他只是想随便地走一走，了解一下生产线，可是现在他的兴趣忽然就被调动了起来。他觉得自己的这一趟夜查也许会有意想不到的收获。

也许是厂房过于陈旧了，白炽的灯光在偌大的厂房里显得并不明亮，反而有一种幽暗的感觉。想象中的机器没有运转，几个没有戴安全帽的职工散落在长长的轧线上，似乎在等待着什么。杨厂长看看他们，疑问油然而生。他对着一个大眼睛的小个子招招手，怎么了？怎么不生产了？小个子看看他，一副爱答不理地说，不是故障了嘛。什么故障？杨厂长追问了一句。不太清楚，你去问领导吧，小个子显然有点不耐烦。你的

领导在哪里？你去那边问问。顺着小个子手指的方向，杨厂长看到了一个值班室，透过窗户，他看到了几个影影绰绰的人影。

杨厂长没有敲门，径直地推门走了进去，值班室里烟雾弥漫，刺得眼睛好半天才适应了里面的环境。有四个人在打牌，对他的到来根本就没有在意。

杨厂长尴尬地站了一会儿，然后一个人很没趣地退出来，他围着长长的轧钢线走了两个来回，映入他眼帘的是布满污垢的设备和一些随处可见的垃圾，而在一个拐角处他差一点儿和一个在那里小便的工人撞个满怀。

退出轧钢车间的时候，杨厂长又看见了那幅标语：工作在一线开展，问题在一线解决，经验在一线积累，才干在一线增长。杨厂长笑了笑，他觉得太有意思了。

杨厂长不甘心地从调度室要了轧钢车间主任的手机号码，但是手机一直关机。

几天之后，杨厂长要人摘掉了那副标语，并要求各车间把现场所有的标语都摘下来。

大家那几天都感觉到有些冷，风似乎改变了方向。

向 日 葵

领导站在窗前，久久地没有说话。大家都看着领导的背影，不知道领导在想些什么。

外面阳光正好，照在窗外那个几平方米的阳台上，也照在阳台上那些乱七八糟的杂物上。那些杂物都是上一届领导留下来的，放在那里有很长的时间了。

领导咳嗽了一声，然后转过身来，他的目光从每一个人的脸上轻轻掠过，然后说，我有个建议，大家看看好不好，我们把阳台整理一下，种点蔬菜行不行？领导的话很轻，但是每个人都听到了。

短暂的沉默之后，老张先发话了，我看可以，我早就想在阳台上种点东西了，要不是……老张的话没有继续说下去，但是大家都知道他要说些什么。老张是这个科室的元老，因为阳台的使用问题，老张曾和原来的领导有过意见上的分歧，私下里意见颇多。

我看也行。二把手也说，一来可以美化一下环境，二来还可以陶冶情操呢。二把手的意见让大家眼前一亮，大家随即也都跟着说，行，行，我看行。

领导笑了一下说，既然大家都同意，那么咱们今天就行动，要不都赶不上时令了。至于种什么，大家来说说看。

我看种点西红柿吧？一个说。

也可以种几棵辣椒。另一个说。

还可以种两棵黄瓜。老张挽挽袖子，大家都知道他是这方面的权威。

如果有地方还可以种一株葡萄。二把手说，等到春天到来的时候，绿荫如覆，藤枝结果，那应该是怎样的景致？

大家七嘴八舌，场面一时有些热闹起来。

领导一会儿看看这个，一会儿看看那个，领导觉得这个场面很好，

一个科室嘛，就得有点热闹劲儿。在听取了大家的意见后，领导最后微笑着说，我看这些都可以种，不过大家要给我留一点地方，我想种一棵向日葵。

看领导说的，还能没领导的地方吗？其中一个快人快语。

意见统一了，大家分头行动起来。很快，阳台上就是一片绿色了。

闲暇之余，大家都会站在窗前欣赏上一会儿，小菜园成了大家最关心的地方，无论是蔬菜长高了，还是开花了，都会引来大家的大呼小叫。领导办公的地方不在这里，但是领导来得很勤，领导也谈工作，谈完工作也会站在窗前看那些蔬菜的长势。有时还会从窗口跳到阳台上，拔拔草浇浇水什么的。二把手也来，碰巧的时候两个人还会同时站在窗前对某一种蔬菜评头论足，领导说二把手的葡萄有可能搭起一片绿荫呢。二把手说领导的向日葵实惠，看着就让人喜欢。二把手还专门对大家交代，一定要看好领导的向日葵，也许年底的茶话会儿还能派上用场呢。领导哈哈地笑了几声，还用手拍拍二把手肩膀，那亲密的样子让大家都感到很久违了。

秋天的时候，小菜园获得了大丰收。老张的黄瓜自然是不用提了，谁见谁摘，就差点把黄瓜秧拔掉了。西红柿亮起了醉人的小灯笼。尖辣椒密密麻麻，像在开会。二把手的葡萄架已经初见端倪，也许用不了两年，就真的会果实累累。领导的向日葵也不错，头垂得就要把秆压断了。

年底的时候，科室破天荒地被评上了公司"优秀集体"的称号，据说还是第一次获得这样的荣誉呢。领导把所有的人都喊到一起，吃着葵花籽，把明年的打算好好地畅想了一回。

但让大家都没想到的是，新年过后不久，领导却被调往另一个单位任职了，二把手接了领导的班。大家看着窗外的小菜园，都有些感慨万分。

春天到来的前夕，下了一场大雪。二把手（已成一把手了）站在窗前，很久才说，今年我们还种菜吗？

种啊。大家几乎异口同声地说。

二把手说，既然这样，赶紧给小菜园弄点雪吧，春雨贵如油呢。

看着忙碌的大家，二把手又说，今年别忘了再种上一棵向日葵。

大家都停了手中的活儿，看了一下二把手，然后异口同声地说，行。

份 饭

又要降薪了。

杨子的心里"咯噔"了一下，他看看窗外，阳光洒满了食堂外面的整个广场。

去年杨子从老家出来打工，央求了城里的叔叔半天，叔叔才给他找了个国企食堂的临时工，讲好了每天二十五元，管吃管住，上夜班另加，算起来一个月有八百多元的收入。杨子高兴极了，虽然钱不是很多，但是比起在农村不挣钱总是强多了。

每天的工作简单而忙碌，除了炒菜，其他什么洗洗涮涮、择菜、刀工等等，这一年杨子也掌握得差不多了。早晨的消息使他有点忐忑不安，据班长说市场不好，单位经费紧张，什么什么迫不得已。杨子才不信，那么大的单位，还缺了他们这几十元钱。

"嘀嘀"，几声汽车的鸣叫打断了杨子的思路，顺眼望去，几辆"奥迪"汽车正缓缓地驶进食堂前面的广场，从车里依次下来的是几个领导模样的人物。其中的一个杨子认识，是公司里的一个副总。

他们又来了。大部分的星期天，公司的领导们都要来这里视察工作，视察完工作，他们还要在这里用餐，所以每个星期天，食堂值班人的压力都特别大，生怕饭菜不合领导们的胃口。

大家都忙起来，虽然只是几个人吃饭，但因为他们是领导，做起来就复杂得多。

杨子，赶快收拾收拾，今天你负责领导的服务啊。班长点了杨子的名，杨子一下子就觉得担子重起来。他赶紧拿了墩布，餐厅的卫生是首当其冲的。

中午来得很快，当杨子刚直起腰板的时候，领导们已经按部就坐了。杨子小心翼翼地倒茶，放餐具。领导们并没有因为他的存在而回避谈话

的内容，杨子仔细地听了听，无非是市场不好，要降成本之类的内容，其中杨子单位的经理还拿了一张 8K 粉红色的倡议书让大家传看。

酒依然是五粮液，四凉六热十个菜是经过精心设计的，就这样杨子单位的经理还一个劲地说，凑合着吃吧。杨子不知道不凑合着吃应该是什么样的酒席，只是这一桌，据班长说，够他挣半年的。

领导们吃饭的时间并不很长，大概有四、五十分钟的光景，其间班长进来敬过一回酒，后来班长就告诉杨子，他们都走了，赶快收拾吧。

酒差不多都喝完了，菜剩了很多，有的只动了一小部分。杨子请示班长怎么处理。班长有点不耐烦地说，老办法。老办法就是倒掉。原来的处理方法是掺进职工每天的大锅菜里，后来因为被一个职工偶然发现了，弄得单位经理很狼狈，从那以后领导们的剩菜就开始倒掉了。每次去倒那些饭菜，杨子的心里总是疼丝丝的，要知道有一些饭菜，连自己六十多岁的父母可能还没有见过呢。

也许领导们忘记了，那张粉红色的倡议书被遗弃在饭桌的一角，杨子拿过来看了看，有一行重重的黑体字十分醒目：堵塞一切漏洞，节约一切开支。

班长，今天的费用怎么计啊？会计在外面询问着班长。

那还用问，老惯例，份饭啊。

杨子知道，所谓的份饭就是五元钱。

高大胖子

那时候高大胖子还不胖，宽大的工作服穿在他身上有些迎风招展，连他自己也说，如果工作服的袖子再长一些就可以唱戏了。大家都喊他猴子、麻杆。他听了也不生气，说，猴子怎么了？麻杆又怎么了，我节省粮食，占空间小，还利于你们生存呢。

那年头，食堂的岗位可不是一般人能进来的。大家猜测，高大胖子一定是有后门的。有一次高大胖子一时高兴，摸着自己的"排骨"说是占了身体瘦的光，大家都不相信，更认为他是有门路的。

刚开始，高大胖子负责卖饭菜，这是一个很有技巧的工作，比如给职工盛菜的多少、肥瘦，都在盛菜人的手腕上。高大胖子的脑子灵活，什么人爱吃什么菜，什么人有什么来头，没多久就被他摸得一清二楚。我们副厂长的爱人就特别爱找高大胖子，一边亲热地喊着小高，一边越过人群就把饭盒从窗口递进来了。副厂长的爱人不说买什么菜，每次都是高大胖子看着来，至于饭票一类的，副厂长的爱人也交，但是多少就只有高大胖子自己知道了。

那几年，高大胖子似乎把所有的荣誉都拿到手了，今年是先进，明年就是标兵，有些人不服，去找领导理论，领导说，树一个人物容易吗？各有各的难处嘛。我开始也卖饭，后来因为气愤不过，就找个机会去掌勺了。

高大胖子就是在那几年慢慢胖起来的，开始还不显山露水，等到大家注意的时候，高大胖子的肚子已经起来了。领导开会说要注意形象，好像在食堂吃饭不花钱似的。再也没有人喊高大胖子"猴子、麻杆"了，取而代之的是"胖子"。高大胖子依旧不急不恼，还狡辩说，要把那几年省下的空间全补回来。

每年的"五一"，单位里都要搞一次大型的拔河比赛，前五年，因为

种种原因我们都没有进入决赛，今年据说市里的某个领导要亲自来观看，所以我们领导就给大家鼓劲儿，说务必要露把脸。高大胖子因为"强壮"，第一次成了主力队员。当然高大胖子自己也很高兴，手舞足蹈地说就等好消息吧。说来也怪，前几轮淘汰赛，我们都过关斩将，最后竟然破天荒地闯入了决赛。大家都说高大胖子是福将。高大胖子也不谦让，说好戏还在后头呢。决赛前，领导光动员会就开了好几次，还专门提到高大胖子的"军心"作用，这让大家对高大胖子都刮目相看。决赛上，高大胖子容光焕发，不仅磨刀霍霍，而且还把绳子拴在了自己的腰上，看来是准备拼命了。比赛开始，前两局两队平分秋色，决胜局剑拔弩张。不知是经过几番使用，那根绳子出了质量问题，还是两队力量太大了，就在即将决出胜负的一刹那，就看两边队员忽然堆成一团，我只听高大胖子喊一声"我的腰"，就没声了。

高大胖子的尾骨摔裂了，在医院躺了几个月之后就借口不上班，从此回家吃劳保了。当然那次拔河比赛也成了单位的绝唱，后来再也没有举行过。

受市场经济的冲击，我们单位在经过几年的折腾之后，也终于宣告破产，我们，曾经很自豪的国企主人，也树倒猢狲散了。

为了生存，在四处碰壁之后，我鼓起勇气借钱开了一个小饭馆，没想到几个月之后，竟越来越红火，几个昔日的伙伴闻讯投奔而来，其中竟然有高大胖子。

高大胖子已经没有原来那么胖了，精神头也有些萎靡不振。我本不想收留他，但是他说孩子要上学，老娘有病需要钱。说话的时候高大胖子的眼神躲躲闪闪，很有一些凄清的味道。

我收留了高大胖子，说，你还是干老本行，负责上菜吧。高大胖子怔怔地看看我，什么也没有说。

我怕他误会我的意思，赶紧说，咱们饭馆每年也是要评优秀工作者的。这回，高大胖子苦笑了一下，然后摇摇头。从他的面孔上，已经看不见当年的样子了。

"煤　渣"

　　"煤渣"有大号，叫水生，只因为他常捡废弃炉灰上的煤渣，人们就"煤渣"、"煤渣"地叫顺了嘴。

　　水生是农村来的合同工。农村条件差，过日子就细。水生总认为把那些尚未烧透的煤渣扔掉太可惜，没事的时候就蹲在炉灰前，一手持钩，一手捡煤渣，常弄得手上脏乎乎的，人们见他这样就冲他嚷："煤渣，你闲得难受啊。"水生不恼，反而呲牙一乐："是哩是哩。"就直起腰，把捡出的煤渣倒进炉内，这里没通暖气，冬天生炉子只是为了取暖，所以炉火一暗，大家就知道他又续煤渣了。后来，他不再讨人嫌，就堆在一个墙角，天长日久，竟也一大堆了。

　　水生闲不住，班里有活他总是抢着干，没活就打水擦地，大家都知道他的脾气，也乐得支他。"煤渣，没水了。"他掂掂壶，就颠颠地一个人去打水。水打来了，大家忙着沏茶，他就快乐地坐在一边看，似乎很幸福。有时候，有人说一句："煤渣，水不开啊。"他顿时诚惶诚恐，"没注意，要不我再去打。"众人知道他实在，也就不再诳他。

　　有一年，因为一起安全事故，老张说什么也不干安全员了，让其他人干，大家都推三阻四的，好像安全员成了烫手山芋，正在我举手无措的时候，有人对我说："让水生干吧。"我摇摇头："他怎么行，一个农民合同工，能行吗？""反正也没人想干，就让他试试吧。"我想，也的确没有太好的办法了，就对水生说了我的打算，水生一听，顿时诚惶诚恐起来，他说："这么重的任务，我怎么能行？"我说："你不试怎么知道行不行呢？就是你了，明天就上任。"水生有些无可奈何地摇摇头："干不好你可别埋怨我啊。"

　　转天宣布的时候，大家的表情都怪怪的，想笑又没笑出来的那个样子。但是水生很认真地说："既然大家相信我，我就要好好干，希望大家支持我。"话不多，却很在理儿。

上任第二天，水生就跟大老李发生了冲突，原因是大老李去配电室时是趿拉着绝缘鞋去的，平时大家都习惯了，没想到却被水生阻止了，水生对大老李说："要么你穿好鞋去，要么你就不要去。"大老李一时没有反应过来，说："我就这样了，你能怎么地！"说完不顾水生的阻拦，硬闯进了配电室。水生闹了个大红脸，但他没有急躁，而是跟着大老李一起去了配电室，监护着大老李直到把活干完，他才找到我说："班长你看怎么办？"事情的确有些棘手，平时这样的事情我也是睁一只眼闭一只眼的，可是面对水生的质询，我实在也找不出置之不理的理由，我说："开个民主生活会，让大家都谈一谈自己的看法。"

民主生活会开得很成功，开始大老李还一百个不含糊，但是架不住大家你一言我一语的批评，当然其中一些人的发言都是我事先安排好了的。轮到水生最后发言时，大老李已经没有多少脾气了，水生说："按制度，是应该考核大老李50元的，不过我也有责任，考核由我们两个来承担，每人25元。"大家都睁大了眼睛，知道这25元对水生生活的影响。水生的工资本来就低，他挣下的钱一部分寄给家，一部分留着吃饭，常是粗茶淡饭，平时大家都没少周济他，而现在，显然是水生给了大老李足够的面子。我说："就这么定了，以后谁违反了都要从严考核。"

发奖金的时候，我偷偷地找到水生，从自己的奖金里拿出25元，我说："那25元算我的，不能让老实人吃亏。"没想到水生一反常态："这怎么是吃亏呢？有些事总是要有付出的，你看看现在，大家的安全意识是不是和原来不一样了呢？"

无论我怎么劝，水生就是不答应，我只好讪讪而归。但班里的安全状况却是大大改进了，我不得不从心底佩服起水生来。

水生被单位辞退是两年以后的事情了。那年，因为煤电原材料涨价，停了大部分的机器，也裁了一些农民合同工，其中就有"煤渣"。开始大家都劝他送送礼，走走后门，他摇摇头拒绝了，他说："我留下来，必定会有另一个农民工兄弟被辞掉，我年轻，还愁找不到合适的工作吗？"大家被他说得都有些忧伤，我也很难过，毕竟这几年，大家都建立了很深厚的感情，况且我还欠他25元的感情债呢。

冬天了，厂里也停供煤了，大家丝丝哈哈搓手跺脚地喊冷，可是干冻着没办法。一天大家忽然想起了那些煤渣，就取来烧火取暖。在袅袅的火光中，大家似乎又看见了那个爱捡煤渣，一脸实在的水生，只是不知道，此刻的水生，会落脚在世界的哪个角落呢？

顺　儿

至今，我还记得那年的秋天，我带着顺儿一脚泥一脚土地从我们山村来到县城招工的考场，顺儿一边拉着我的衣襟，一边胆怯地说，大羽哥，我们能行吗？我瞥一眼有些慌乱的顺儿，故作淡定地说，大不了再回去，有什么不行的！表面上我虽然这样说，其实内心里比顺儿还紧张。

那天的考试并不严，考题也出乎意料得简单，在我答完题检查的时候，顺儿忽然用脚碰碰我，满眼求援的目光。我将试卷倾斜过去，顺儿便急急忙忙地抄起来。一切都很顺利，我和顺儿被双双录取，在炼钢厂当了两名合同工。

虽在一个钢厂，却不在一个车间。我被安排在炉前，他却在连铸车间当了一名中包工。炼钢厂的工作很艰苦，高温、粉尘，况且还三班倒。但顺儿却从没流露出厌倦的表情。顺儿总说，工作再苦也比在山村啃石头强吧，那穷地方，连兔子都不去，我这一辈子是不想回去了。有一次顺儿还拉着我说，大羽，你知道么？咱村的那个梅英托人想嫁给我呢，可是原来呢，连正眼都不看我一眼。现在的人啊，狗眼看人低。我听着顺儿的话有些刺耳，可是哪里刺耳却又一时无从说起。

顺儿在班组里很勤快，打水、扫地，脏活累活都抢着干，而且不管对方年龄大小，一律喊人家师傅。顺儿混得很好，连续拿了两年的先进生产者。当了先进的顺儿并不小气，请客吃饭的费用远远超出了当先进得的那点奖金。但是顺儿说，还不是图个乐呵，钱花了还可以再挣嘛。我对顺儿的说法一点也不敢苟同，因为我知道，当年为了他招工，他家里至今还欠了很多的债，他的父母，生病了都舍不得去拿药，硬是抗着。我不知道顺儿所谓的乐呵里面究竟会有多少快乐。甚至有一次，在我回山村看父母的时候，顺儿说，大羽，你回来的时候帮我从家里带点核桃。我说带核桃干什么？顺儿说，你就别问了，反正我有用。家乡盛产核桃，

我记得自己上高中的学费就是靠卖核桃得来的。平时家里的人们都舍不得吃,用它换点零花钱,莫非顺儿想在城里卖?核桃带回来了,顺儿非但没有感谢,反而抖着那半袋核桃一通埋怨,就带这么一点,够谁吃的?我看着不高兴的顺儿,一时竟没有说上话来。

翌年的六月,是全国的第三个安全月,厂里安排了一个安全知识竞赛,每个车间出一个小组。我从没有想过在这样的竞赛中还蕴藏着某种机遇,也从没有想过顺儿会出现在参赛的队伍里。比赛那天顺儿显得精神抖擞,如果不是那口浓重的家乡话,根本看不出他曾经来自于一个小山村,多年的历练,已经让顺儿有了脱胎换骨的变化。必答题顺儿过关斩将,干脆利落地取得了满分。如果说顺儿开始的表现还有点让人吃惊的话,那么后来的表现简直让我瞠目结舌。主持人的话音刚一落地,顺儿的抢答铃就响了,如此往复,别的小组干着急,就是抢不上,而顺儿更是包揽了抢答题的回答。那一刻,顺儿成了整个会场的中心,越来越多的掌声让他成了被关注的中心,连我也在心里为他叫好起来。结果是没有悬念的,顺儿那一组顺理成章地取得桂冠。不知是嫉妒,还是羡慕,我的心里酸溜溜的。我没有忽略顺儿领奖时似乎是不经意间投来的得意的一瞥,也没有忽略顺儿领奖时有些夸张的鞠躬,但辉煌是属于顺儿的,机会也是属于顺儿的。没有几天,我就听说,顺儿被调到安全科当了一名专职的安全员。

我觉得有点沮丧,与其说是感叹机遇的不公平,不如说是心头的失落。论文化,还是论能力,我自忖比顺儿强得多,但有些事情就是这样,结果是很让人无奈的。顺儿成了我们的上级,每天我都可以看见他戴着"安全检查"的袖标背着手在厂房里转来转去,我不止一次地看见他呵斥岗位工人,一副高高在上的样子。有一次,他竟然拍拍我的肩膀,亲热地说,大羽,有困难找我啊。

真正让我感到羞辱的事情发生在九月的某一天,那天顺儿带了一大群戴"安全检查"袖标的人,看到我在炉前作业,马上凑过来,在众目睽睽之下,顺儿竟说,大羽,你看看你,安全天天讲时时讲,你怎么连帽带都系不好。我脸一红,我自忖还没到被顺儿教训的地步,但是我没有狡辩,而是规规矩矩地把帽带系好。走出老远,我还听到顺儿对他身边的一个人说,跟我一年来的,都四五年了,还干炉前工呢。

转年,因为市场危机,又因为国家淘汰落后设备的政策,我们的炼

钢厂首当其冲地倒闭了，从哪里来到哪里去，想一想我们的小山村，再想想以后的生活，我简直不知道该怎么办。但是天无绝人之路，适逢一家民营企业扩招岗位操作工，我们呼啦一窝蜂地都报了名。在考场，我的肩膀忽然被人拍了一下，回头一看，竟然是顺儿。我没想到我们会在这里相见，历史给了我们两次相似的经历，世界真是太小了。大羽哥，顺儿笑了笑，谦卑中带点苦涩，一会儿还请你照顾一下啊。

我看着顺儿的笑脸，一时竟不知何去何从。

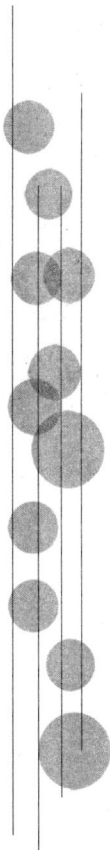

安全员老周

　　老周调到我们车间当安全员的时候，已经快 55 岁了，按说这个年纪，找个轻松的单位再混几年就到站了，何必到一线车间这样艰苦的环境来呢？对我们的质疑老周两手一摊说，这不是没办法吗？原来老周以前的单位解散了，除了几个头头以外，所有的工作人员都重新安排到了一线，老周年纪虽大，也没有幸免，毕竟这样的年纪到哪里都是不受欢迎的。我们车间也不例外，都认为他占了别人的位置，安全员的岗位，多少也算个管理岗位，比在班组里轻松多了。所以老周最初的日子并不好过，多少还受到一些流言和非议，老周看在眼里，记在心里，并没有爆发出来。

　　但是老周把对流言和非议的反击都爆发在工作上了。他的监督检查简直掀起了车间安全工作的新篇章。比如原来人们熟视无睹的安全帽不系带，天热的时候敞胸露怀，电焊机的二次地线随便乱接等等，都被老周板得一愣一愣的。那时老周口袋里装着一个小本本，遇到一个便记一个，改了什么都好，顽固不化的，老周不管是谁，先是瞪了眼珠子，然后嗓门就高起来："老子他妈的都是为你好，你小子有种把你爹娘喊过来，咱们议论议论。"遇到这样的人，你说还狡辩什么啊，违规者早就灰溜溜地跑了。那阵子，人们都说，惹谁也别惹老周，不是惹不起，是根本就没法惹。

　　真正让人们对老周改变看法的是一次公司领导下我们车间的安全检查。那天一开始老周的脸色就有些阴天，后来在那些人指手画脚唾沫乱飞的时候，老周终于爆发了出来。老周说，你们指出的这些问题我们都虚心接受，可是作为上级领导，你们是不是也该注意一下自己的形象？下来检查安全工作有不穿劳保鞋的吗？这才细细看去，那些检查者，几乎没有一个穿工作服的，劳保鞋就更别说。原来老周开始的阴天是为这

个啊。那次的检查弄得不欢而散，可是老周却成了下面职工的拥趸，大家都说，这样的人管安全，我们服。老周说，安全是天，怕什么啊？不平则鸣嘛。

老周这一鸣，车间的安全工作就平静下来，那一段时间大家干活特放心，都说有老周顶着呢，不怕。

其实老周也有烦恼的时候，一提起他的儿子，老周就唉声叹气。老周说，我怎么就生了这么一个不争气的儿子呢？细问，才知道老周的儿子已经二十七八了，还没对象呢。原来老周的儿子早年学习不好，好歹混到技校毕业，参加工作后，又不好好上班，天天打牌喝酒。有一次因为一言不合，就和别人动了手。把别人打伤了不算，也把自己打进了劳教所。出来后，也没见多少好转，还是老样子，喝酒打牌，老周一说，两人就翻脸，闹得家里鸡犬不宁。老周说，你说我天天省吃俭用的，怎么就换不回他一点点感恩呢？真是哪一辈子作的孽。这才想起来，每次吃饭，老周都是自带饭菜的。我记得自己还曾嘲笑过他那用了好几年的毛巾，原来理由都在这里呢。我们对老周的遭遇表示同情，可是家务清官，谁能帮他改变什么啊？

最后一次和老周说话，是在一次检修快结束的时候，那时已是晚上八点多了，大家都劝他早点回家，他说自己是安全员这样做不合适。大家说这不快完活了吗，好说歹说，老周才有些神不守舍地走了。临走时，老周还说，哥儿几个一定要善始善终啊，有些事越是到结尾的时候越容易出事。能出什么事啊？他走后，我们都摇摇头，像老周这样有责任心的人，以后恐怕是越来越少了。

一夜无话，转天上班的时候，却听到了老周去世的消息，大家一时都蒙了，以为谁开玩笑开过了火，后来才知道，老周是真的走了，心肌梗塞，没抢救过来。

老周的葬礼，车间能去的都去了，大家都说送老周一程，有的人还哭得一塌糊涂。在葬礼上，我看到了老周的面无表情的儿子，我想，如果老周等到儿子成家了再走，该多么好。

好兄弟

他的班长当得有些非议，从同事们看他的眼神也能够感觉出来。其实这也难怪，虽然自己是个大学生，但公司经理是父亲的至交却是不容抹杀的事情，现在的人们都看这个，甭管你有没有能力，只要沾亲带故，看问题就有了有色眼镜。

第一次全班组的会开得很艰难，尽管他努力想让自己镇静下来，可说话还是有了磕巴。他说，我既然做这个班组的兵头将尾，就是想把这个班组带成车间里最好的，请大家支持我的工作。他以为大家会报以掌声，但大家都低了头，没有一个人鼓掌，甚至连呼应的眼神也没有一两个。他有些丧气，这样的冷场毕竟是他没有料到的，他在心里暗暗地说，看我的行动吧。

当班长的第五天，他就发现了问题，组员梁天上岗没有穿劳保鞋，在钢花乱飞的世界里，这是工作最大的忌讳，他把梁天从岗位上喊下来，他满脸疑问和忧虑，梁天却一脸的无所谓。

你的劳保鞋呢？

坏了。

坏了就没有想点办法吗？

劳保鞋不够穿，我能有什么办法？

看着梁天有些挑衅的目光，他没有再说些什么，而是跑进更衣室，把自己刚领的一双劳保鞋拿出来。他一边把劳保鞋递给梁天，一边说，算我借你的，先穿上。

什么叫借啊？不就是一双劳保鞋吗？小气。

看着梁天转身离去的背影，他心里有一种说不出的委屈，他知道，也许这仅仅是个开始。

果然，没出两个礼拜，因为奖金的问题，班组又出乱子了。

　　是一个叫李铁的组员，因为奖金比别人少了 50 元而拒领奖金。李铁因为生产事故被车间考核了 50 元他是知道的，只是他没想到李铁这样不讲理，他不想自己一当班长班组里就出这样的事情，他从自己的奖金里抽出 50 元，一边扔给李铁，一边说，我希望这是最后一次，人都是有自尊的。李铁悻悻地哼了一声，似乎不领他的情。

　　他感到很烦恼，觉得与这样的组员们在一起工作一点激情都没有，看着那形形色色的组员，他不知道以后还会碰到什么棘手的问题。

　　好在他的以身作则很快就起到了作用，上班，他是第一个来的；下班，他是最后一个走的，干活抢险他都是第一个冲上去，而组员们最为敏感的奖金分配他也采取了极度透明的作法，并委托李铁管理账目。半年后，再开班前会，他已经能够从大家的眼神里看出呼应了，而对他安排的工作，抵触的情绪也明显得少下来。

　　正在他充满信心的时候，却突然发生了一件让他没有想到的事情。是一个刚从别的班组调过来的组员，第一个夜班的时候脱岗跑到值班室睡觉，他喊他起来，那组员看了他一眼接着呼呼大睡，他再喊他的时候，那组员却忽然跳起来，在打了他两拳之后，又往自己的胳膊上划了几下，然后就躺在地上撒泼起来，并大呼小叫"打人了，打人了"。他一时蒙了，他没想到那组员会来这一手，正在束手无策的时候，梁天悄悄地捅捅他，赶快报警啊。他打了 110，警察很快就来了。

　　那组员恶人先告状，说他如何如何打他，并把胳膊上的伤让警察看。

　　他说是那组员先打的他，又自伤的，他并没有动手。

　　警察对他说，有证人吗？

　　他怔了一下，他的确不知道那时候有谁看到了这一幕，正在他犹豫的时候，他忽然听到梁天说，我看到了。接着是李铁的声音，我也看到了，再后来他已经分不清是谁的声音了，大家都在异口同声地说我看到了。

　　这是他没有想到的一幕，那一刻，他看着那一张张熟悉而又陌生的脸，眼眶不由得湿润了。他真想奔过去，和他们拥抱一起，喊一声"好兄弟"。

不 一 样

那年，因为一起责任事故，他和顺子一起被免职，到一个小车间重新当起了工人。顺子气不过，说此地不留爷，自有留爷处。顺子问他走不走，他说，往哪里走啊，拖家带口的。顺子说，你不走我可走了。他说，你最好再想一想，万一在外面混不下去怎么办。顺子说，车到山前必有路。顺子走了，撇下老婆孩子，一个人南下了。

顺子的辞职让单位很是震动了一下，这么多年，顺子是公司里第一个辞职的人，大家既好奇又佩服，看他的眼光不免就多了几分含义。有一次，与一个工友发生口角，工友骂他窝囊废。他一下就急了，扑上去要打工友，多亏有人拉开才避免了一起武斗。但是他自尊心大受伤害。有时候他也想一走了之，可是一想到老婆孩子和动荡的生活，不禁就断了念头。他想，虽然没有大富大贵，可是不愁吃不愁穿，也挺不错的。

年底的时候，顺子回来了，他忙跑过去。朋友相见，谈的最多的还是顺子找工作的事。从衣着上看，他已经明白了几分。顺子也说，不出门不知道出门的难处，工作不好找啊。他安慰了顺子几句，心里却暗自庆幸自己当初没有辞职，要不现在还不知道是一副什么模样。

新年刚过，他的运气就来了，毕竟是个大学生，单位里大概也不想一棍子把人打死，提拔他当了那个车间的副主任。地位高了，收入也明显增加，他想，多亏自己没有走。而所有的舆论也开始向他倾斜，说顺子冒傻气，领导只不过想考验一下，真是太年轻了。还说他稳重，经得住考验，将来大有发展。

顺子的近况依旧不理想，有一次打电话跟他借钱，他还劝顺子实在不行就回来。

但是天有不测风云，只是两三年的光景，单位说倒闭就倒闭了。树倒猢狲散，他也不例外，看着昨天今日的光景，他长吁短叹，要知今日，

何必当初啊。

　　顺子回来了，是开着汽车回来的，说要接老婆孩子一块出去。朋友相见，他垂下了眉眼。顺子说，你当初要是听我的就对了，外面的世界要多大有多大，可惜了你的知识。他知道，顺子已经今非昔比了，曾经没落的顺子已经有了自己的公司。顺子说，跟我去吧，我那里很需要你。他摇摇头，其实他也不知道自己的下一步该怎样走，只是去给顺子打工，他心有不甘。

　　没有了工作，家里的气氛忽然间也不一样了，原来和谐的夫妻关系，现在动不动就吵架。他说老婆看不起他。老婆说是他自己看不起自己。老婆说让他好好跟顺子学一学。他说你原来怎么不说？老婆说人家顺子能做到的，你也能做到。他说自己和顺子不一样。老婆说哪里不一样？顺子是个男人，你也是个男人，怎么不一样？他说就是不一样。老婆说你倒是说说看哪里不一样？他看着老婆变形的脸，一时还真找不出答案。

　　半年后，他也南下了。临走前他对老婆说，你等着瞧，我早晚也会和顺子一样的。

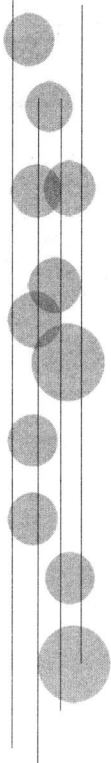

冷

　　我一直就没有把他看在眼里，因为我不喜欢他。

　　从长相上他就不讨人喜欢，个子矮，眼睛不大，而且头发留得很长，尤其看人时的那种眼神，让人觉得很冷，仿佛寒流就是那样形成的。

　　他不苟言笑，第一次来车间报到，也只是对我们工作人员扫了一眼，招呼都没有打一个，就径直问谁是主任。大家谁都没有吭声，对他那样的姿态，谁说话就是自讨没趣。他似乎感到了尴尬的气氛，马上转身离去，留下一声很沉重的关门声。

　　我常去他的工作岗位，是各种各样的检查，比如检查卫生，比如检查设备，再比如看一些生产记录。他一直都很冷淡，即便是表扬他的字写得好，他的脸上也看不出一点笑容，弄得大家都很没心情。有一次，一个同事问他头发能不能留短一些啊，他说，厂里有制度吗？同事一时语噎。后来大家悻悻地退出来，他的话还不紧不慢地跟过来：什么都想管，管得过来吗？

　　大家都说他是个怪人，我也这么想，我实在想不明白他怎么会是这样的一个人，虽然世界之大，无奇不有，但是他的言行，我还是不能接受。

　　后来了解了一些他的情况，似乎找到了一些原因。他从小就很散漫，上学逃课，很早就学会了抽烟喝酒，跟别人打架，十几岁的时候曾因扎了别人一刀而被拘留，在大人眼里是一个典型的坏孩子。后来勉强地考上了技校，勉强地维持到了参加工作。

　　虽然他有点另类，但在工作上倒也中规中矩，一些了解他的人说他和原来比，变化大多了。

　　一次聚会，我从套间里出来结账，忽然就看到了在大厅里喝酒的他。他的脸色很红，是酒后的那种红色。他正在和朋友划拳，声音很大得传

过来，那是我第一次看见他不冷的一面，我故意咳嗽了两声，等他的声音间断的时候，我只给他留了个背影。

有一个朋友病了，急需一大笔钱做手术，那天大家都带了钱去，没想到其中竟然有他，他一直不吭不语地坐在一边抽烟。作为为朋友筹资的负责人，我一一将大家支援的数目记下来。他也交了与大家差不多的数目，只是当大家都离开的时候，他又叫住我说，我还有点钱。我怔怔地看着他，他的眼神依旧很冷，但是已经感觉不到寒流了。在数钱的时候，我忽然明白了他的用意，他想多支援一些，又怕影响了别人，干脆分了两次。后来我问朋友，才知道他是朋友的老乡。

夏天的时候，我生病住院了，碰巧的是竟然与他的父亲住在了同一个病房。当时他看上去很疲惫，一问才知道他父亲已经住院快半个月了。我寒暄着说怎么不告诉大家一声。他看看我竟然没有接话，我自讨没趣，觉得人和人真的不一样。

这一段时间我很认真地观察了他，他对父亲是真的好，比如他喂父亲吃饭，我看见他是吹了又吹。父亲伤口疼得呻吟的时候，他竟然是皱紧了眉头，一次次为父亲擦去额头的汗水。有一次他父亲坚持着要去厕所，他在劝说无效的情况下竟然背起来了父亲。一百五十多斤的重量压在他不足一米七的身体上，那一刻，我的心里怦然一动，我怎么也无法与他的冷联想起来，一个内心这样富有的人，怎么会有那样冷淡的表面？

他的父亲不怎么善谈，直到我说我与他的儿子在同一个车间时他才打开了话茬。他父亲说，你们得多帮帮他啊，这孩子从小就不让人放心。我说，哪里啊，你看他做得多好啊，我们都赶不上他呢。他父亲笑笑说，这孩子就这一点好，虽然平时管不了他，可是有了事，撵都撵不走。

答案就是这样了，后来我和他成了朋友，很要好的那种。

老徐的退休生活

办完退休手续，老徐还有点恋恋不舍。他说，小何，你看我这身体，看我这精神头，是不是有点可惜啊？老徐边说还边捶打着自己的胸脯。老徐看上去是很年轻，根本就不像55岁的老人，尤其那腿脚，走起路来还咚咚作响。那怎么办呢？我说。你得给我找点活干，否则我非得憋出病来。可是老徐会干点什么呢？没有文化，早年是个退伍军人，一直在一线做着一个普通的操作工。想找点活干还真不是那么容易。那你能干点什么？门卫、打扫卫生、看车、打杂的，什么都可以啊。干了一辈子革命工作，也该歇歇啦。不行，你还不了解我？我不能闲着，一闲着就得病。可是那些活儿收入也太低了，一个月才几百块，不够辛苦的呢。我不怕，有么？有，我就干。有倒是有一个，我忽然记起车棚好像缺一个看车人，只是让老徐去自己有点于心不忍，毕竟那不是一个正经活。我去，你说吧。看车你去吗？三倒班，很辛苦的。去，去，别人能干的我也能干，总比闲着强吧，什么时候上班？

请示过上级领导之后，老徐果真就去看车棚了。有一次我去取车，看见老徐一个人坐在那里有点发呆，就说，还习惯吧？哎，就是有点熬人，总是存车取车的，不过还可以吧。实在不行就别干了，别累着。比急行军差远了。老徐嘿嘿一笑，笑容和原来一样朴实无华。

我有晨练的习惯，一般早晨五点半起床跑步。那时候大街上往往有清洁工在打扫卫生。有一天在经过八号公路的时候，我忽然看见前面扫地的身影有点面熟，稍近时，却是老徐。我刚想扭头跑开，老徐却喊住了我，小何，挺早啊。怎么又干上这个了？不是闲着也没事吗。那你可是身兼两职了。互不耽误，你还有活吗？我还能干。老徐你真行啊，孩子也都大了，为嘛啊？

为嘛，你说为嘛？我的两儿子还打着光棍呢。老徐又笑了，虽然与

以往一样，可是我却感到了一丝苦涩，可怜天下父母心啊。

仍能天天看见老徐，不是在车棚就是在大街上，老徐的身影成了我生活中不可缺少的主题。

一天下班后与同事一起去菜市场买菜，刚一进菜市场，同事就悄悄地说，你看那个人是谁啊？我顺着同事手指的方向看去，在熙熙攘攘的菜市一角，有一个人正在讨价还价地卖菜，而出乎我意料的是，卖菜的那个人竟然是老徐！

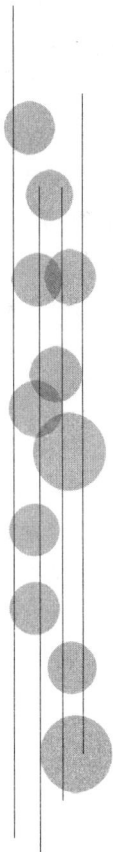

矿泉水

小张停下来，擦了擦额上的汗水。会议室里虽然开着空调，可天气实在是太热了，刚才的一通搬运，小张的衣服都湿透了。

小张是前两天才从清洁队调上来的临时工，这几天，服务队的大刘回老家抗旱去了，领班就把小张调上来。其实对于临时工，去哪里待遇都是一样的，只是服务队的工作比清洁队的要轻松一些，环境也好一些，如果不是此时在这里布置会场，小张也许还在大街上清扫卫生呢。

他们刚才搬运的是矿泉水，领班说，明天会议室里要召开一个重要的会议，来的都是单位大大小小的头头，水是必须要准备好的。今天一上班，他们就一直从库房里往会议室搬那成箱成箱的矿泉水，然后再一瓶一瓶地放在每个座位上。看着那些精致的矿泉水，小张心里那个羡慕啊，城里的人们就是不一样啊，开个会还要喝这样精致的矿泉水。小张想起没出来打工之前，每次去地里干活，都要带上一瓶水缸里的井水，别说喝上一瓶这样精致的矿泉水，就是能够看到，也难呢。

大家都别闲着，再加把劲儿，今天上午的工作就算完了。领班不知是看见了短暂休息的小张，还是本来就想给大家鼓鼓劲儿。小张赶紧忙活起来。领班又说，干完活大家每人一瓶矿泉水，看这天气热的，大家千万别中暑啊。

放完那些水，已经快中午了，看着干净整洁的会议室和那些按规矩摆放好的矿泉水，大家都有一种说不出来的轻松，小张想，要是自己也能坐在这样的会议室里开一个会，这辈子也算没白出来打工。

下班的时候，领班没有食言，每人发了一瓶矿泉水，小张拿在手里，喜在心里，他对着阳光看了半天瓶里的水，然后又把水瓶晃了晃，再对着阳光看。瓶里的水显然没受这些因素的影响，依旧透明清澈，一点点杂质都找不到。小张没舍得打开，他想拿回去一个人慢慢地品味。

转天的会议开得很成功，即便是坐在值班室里，小张也能够听到会议室里传过来的掌声。有几次小张真想凑过去体验一下会场的气氛，哪怕是在门缝儿里看上几眼呢。但领班一早就说了，那里不能去，去了就要违反纪律。小张懂得这些，找工作容易嘛，他可不想轻易把工作丢了。

快接近中午的时候，会议才结束，随着楼道里杂乱的脚步声，小张知道，该他们上场了。

昨天还整洁的会场，现在已是一塌糊涂了，座椅垫斜了、掉了，座椅也没了秩序，东斜西歪的。而那些矿泉水，更是被随意地乱放一气，有放在桌子上的，也有放在座椅上的，还有掉在地上的。领班说，大家抓紧时间，要不又要加班了。听到加班，大家不禁加快了手里的动作。小张负责收拾那些矿泉水瓶，他拿了一个大纸箱，飞快地拿起那一个个用过的矿泉水瓶，但只是一会儿的工夫，小张就怔住了，他发现有一些矿泉水只喝了半瓶，有的连半瓶也没有喝掉。小张心疼地看着那些矿泉水，不忍心就那样扔进纸箱里。

小张，你怎么了？领班发现了小张的迟疑，走过来询问，你不舒服吗？

不是，小张摇摇头，这些半瓶的水怎么处理？

这还用问，去厕所里倒掉。领班皱皱眉头。

多可惜啊！这么好的水。

水再好也没人喝了，倒掉，通通倒掉。

那些人也真是的，今天的会算是白开了。

怎么是白开？

你看看那个横幅，今天是节约能源的会议嘛。

领班抬起头，瞄了半天主席台上的横幅，然后说，多干活，少说话，小心把工作丢了。

小张吐吐舌头，他知道有些事情自己是管不了的，还是好好干自己的活吧。

那些半瓶的水都被倒掉了，整个过程中，小张的心一直都是疼着的，仿佛那些流失的不是水，而是一滴一滴的血。

钓　鱼

老马决定去钓一次鱼。

老马原来从不去钓鱼，他说自己没那个耐性，一坐一天，急死了。但是自从上周单位下发了那个文件之后，老马就说，我准备去钓一次鱼。

老马去找大冯。大冯是钓鱼的高手，常常呼朋引伴的。但是大冯一听老马的来意，马上把头摇得拨浪鼓似的。大冯说，你这不是顶风作案吗？现在谁还敢去钓鱼？

老马说，礼拜天去，公休的时间去。

大冯说，文件上不是专门强调了，礼拜天也不能出去钓鱼、打球嘛，我看你的副科长是不想干了。

老马说，自由都没了，副科长干着还有什么意思？

老马又问了几个人，但没有一个人肯和老马一起去钓鱼。老马说，你们不去，我自己去，地球离了谁都转。

老马骑了摩托车，风驰电掣地跑了个没影，傍晚回来时，手里多了几条鱼。

周一刚一上班，大冯就凑过来说，老马，你还真去了？

老马说，我为什么不能去？不就是个钓鱼吗？我又没干违法的事。

大冯说，文件刚下来，你这不是跟上面作对吗？

老马说，那是属于我自己的时间，除了不违法，我想干什么就干什么。

大冯说，你的副科长真不想干了？

老马说，谁说不想干了？我失职了还是渎职了？

大冯说，我说不过你，不过你还是小心为好。

老马说，多谢了。

老马去钓鱼的事很快就传开了，隐隐中，大家都有一种期待，既然

老马自己愿意出头，被枪打也就很正常了。

但奇怪的是，一周过去了，老马依旧是副科长，好像也没有人来找他谈话。

礼拜天，老马又去钓鱼了。这一次，老马没有自己去，而是跟了其他单位的钓友们一起去的，大家吵吵嚷嚷的，好不热闹。

这次老马的收获更大，鱼有自己钓的，也有别人送的，满满一大袋子。

老马说，以前没钓过鱼，不知道钓鱼的快乐，这下知道了，还是钓鱼修身养性，谁想去，跟我打招呼啊。

但是没有人呼应，大家都隐隐地觉得，老马倒霉的日子就要来了。

果然，没出三个礼拜，单位的书记就把老马喊去了办公室。谈话的内容大家不得而知，但有人看到老马从书记的办公室里走出来的时候，脸色是阴沉的。

大冯又来劝老马了。大冯说，你也太过分了，哪有不给领导面子的，领导做得再不对，我们做下属的不也要呼应一下吗？

老马说，自由都没有了，呼应个屁！

大冯说，话是这样说，毕竟熬个副科长也不容易。

老马说，什么叫熬啊？屁大点个官，谁愿意干谁来干。

大冯弄了个大红脸，两人不欢而散。

礼拜天，老马依旧去钓鱼，大有鱼死网破的势头。

但单位里对老马的处分一直也没有下来，这下大家都坐不住了，都说，什么破文件啊，还有没有严肃性！

又都说，领导也太软了，这不拿自己的手打自己的脸吗？

又说，还是老马有骨气，不对的就是要反对嘛！

就在这个节骨眼上，单位的一把手调走了。新来的领导看了看那个文件，连话都没说，就扔垃圾斗里了。

礼拜天，大家又都去钓鱼、打球了。大家都说，还是自由点好。

大冯来找老马一起去钓鱼，老马看他一眼，淡淡地说，哥们戒了。

同学陆无双

陆无双要离婚了。

这样的消息的确让我们大跌眼镜。想当初，谁不认为陆无双的爱情是最坚定的爱情啊。可是这刚刚几年，一切就都成了云烟。

说起理由时，陆无双的眼圈先红了。是他提出来的，你们说，我哪里做得不好了，不就是因为工作忙了些，陪他的时间短了些？

我说，当初我就觉得那家伙配不上你，你还一往情深。

他那时候的确是很好的，陆无双辩解道，谁知道他会变得这样快？

你还替他辩解？我摇摇头说，不是他变得太快了，是你变得太快了。

这几年，陆无双在我们的同学里，一直以强势女人的姿态生存着。大学毕业后，自愿去了一个轧钢厂，那地方是女人呆的地方吗？但是陆无双说，你们不懂。专业对口比什么都重要。"散伙饭"上，我们一致举杯祝愿陆无双在她的岗位上大展宏图，没想到陆无双竟然不含糊地说，会的，会的。

那时候，我们常常会在厂报上看到陆无双的先进事迹，比如吃苦耐劳啦，追求奉献啊，像男同志一样加班加点啊。最给力的一件事是陆无双参加工作两年之后的一个夜班，在换完轧辊准备轧钢的时候，她忽然站出来对某一处设备的运转数据提出了异议，并力阻生产的进行。当班的段长是个大老粗，当然不会把她的建议放在心上，结果，夜班的产品全部不合格。那件事的结果直接导致了陆无双从工人到车间技术员的转变。

谈到这件事的时候，陆无双还愤愤不平，事情是秃头上的虱子，明摆着的，非要撞，那就来个头破血流好了。

就是在这一年，陆无双收获了她的爱情。小伙子虽然一表人才，却只有中专文化。大家都以为陆无双挑花了眼，但是陆无双说，门不当户

不对，不一定没有幸福。文凭对爱情来说，仅具有参考价值。她的话让大家那个羡慕啊，什么叫爱情啊，看看人家陆无双。

都说女人旺夫，没想到落在那个中专生身上，竟发生了逆转。

短短的几年里，陆无双先当上轧钢厂的技术科长，后又当上技术处处长。直看得我们牙根酸酸的，想起当年"散伙饭"上她"会的，会的"的回答，谁知道人家是认真的啊。

我们这才认真地审视眼前的陆无双，仿佛这么多年，她一直生活在我们的背后。

虽然陆无双一百个的不舍，婚还是很快就离了。后来她告诉我，还是这样了断了好，好合好散，天底下没有不散的筵席。

不知道那个中专生是不是也这样想过，我想他肯定是想过的，天天生活在一个女人的光环里，作为男人是无法忍受的。很多年前，男人就是这样的，现在的男人，依然还是这样的。

陆无双的第二次恋爱始于一次单位的疗养，那次陆无双本来说不去了，但单位领导下了死命令，去也得去，不去也得去。领导的关心让陆无双心里暖烘烘的，只好硬着头皮跟着大部队去了桂林。没想到这一去陆无双竟然遇到了生命中的第二个真命天子。

陆无双恋爱大家一点也不惊奇，惊奇的是她恋爱的那个人，竟然是个大她十来岁的不惑男，实在让人扼腕叹息。

有一次，当我们又一致举杯祝贺她的果敢时，陆无双说，作为女人，我需要男人，当然更需要爱情。

她的话让我们的牙根又一次强烈得酸起来。

师 徒

别人的师傅都是男的，而他的师傅，却是个女的。

心里别扭，脸上就带出来。她看在眼里，不动声色，内心却起了波澜。

有狡黠的男师傅就用坏坏的腔调说，要想学得会，先和师傅睡。

他咧嘴笑了一下，却碰上她甩过来的目光，那目光很冷，让他的笑很快就憋回去了。

单位不大，有男有女，师傅却是带头人，大家都说师傅是专业上的高手，巾帼不让须眉。他看看天空，暗暗地笑了笑。

他开始迟到。第一次迟到，师傅只是看了他一眼。第二次迟到，师傅依旧没有说话。第三次迟到的时候，师傅拍案而起，眼睛里有了怒火：别以为落榜了就有一千个得过且过的理由。他想争辩，却没有了底气，原来他的底细师傅都知道，待业青年，曾经他是个待业青年啊。

师傅扔给他一本书：《电器事故500问》，说，从今天起，我们一起学习，一周一比赛，看谁的成绩好。

他的斗志被激了起来，他想，比聪明，自不在话下。

师傅好多字都不认识，他教，师傅就记，记住了又忘记了，他就耐心地教。

一周的测验，师傅果然和他比。开始，她胜的多，他输的多。后来就全变了。师傅说，在智力上，他们不在一个档次上，如果不是工作经验，她做不了他的师傅。

但在心底，他却渐渐地认同了她师傅的身份。

一次电闪雷鸣之夜，高压柜忽然接地放炮，师傅和他几乎同时冲进高压室。在一屋子的硝烟中，他被师傅重重地拉了一下，便落在了师傅的身后。他看着师傅冲上去的身影，心里充满了恐惧，那样的事故，谁

也说不好会发生什么样的后果。年纪轻轻的他第一次感到了生命的可贵。过后，他本想说句感谢的话，师傅却说，你还是个孩子。

是的，他还是个孩子，过了年，也不过 20 岁而已。

师傅说，你的世界在外面，这里不属于你。

他看看师傅，似乎没有听懂师傅的话。

师傅又说，找时间看看课本吧，那里有你的世界。

这回他听懂了。

年底的时候，单位上青工比武。师傅给他报了名，他却有些退缩。师傅说，我知道你能行，我带的徒弟我心里有数。他硬着头皮参加了，不料想，却一鸣惊人，拿了第一。单位的领导想让他提前出徒，却被她挡住了。她说，瓜熟才能蒂落，他，早着呢。

她不想让他过多得分心，而他并不知道。

有一次他帮师傅整理工具箱，没想到翻出一个红本本来。打开，却惊讶地张开了嘴，是师傅的大专毕业证书。他想起那些教师傅认字的日子，脸火烧火燎的。但是他没有吭声，把毕业证书放归原处。

秋天的时候，他终于考上了北方的一所大学。他，是热切得激动。而她，却冷静得出奇。她说，一切都刚刚开始，你的路还长着呢。

他恭恭敬敬地给她鞠了一躬，他说，谢谢师傅。

她说，真遗憾，竟然没等到你出徒。

他说，我早就出徒了。

他走了。

看着他的背影，想起他刚来时那青涩的样子，她的心里竟然涌起一阵说不出的难舍。

评委老马

那年九月，公司里要搞一次建厂十周年的庆典活动，老马是活动的组织者，我是被借调过来的，负责征文的评选。老马说，一定要发挥你的特长，把好稿子选出来，这代表了咱公司的文艺水平呢。我点点头，说，你放心。

本以为这是一次愉快的合作，没想到几天之后，我却因为一首诗歌和老马发生了第一次冲突。

那是一首讴歌公司艰苦创业的诗歌，诗歌情感充沛，语言老道，循环往复的句式将整首诗表达得荡气回肠。我认为这是一首好诗，马上推荐给老马看。老马只匆匆地看了一下，就说，这怎么是好诗呢？你看看，句子都不通顺。石头怎么会"啃"呢？钢铁怎么会生长呢？不通顺嘛。我苦笑笑，诗歌的原句是这样的：……每天啃着石头，和青春对话……我们热爱这片生长精神也生长钢铁的家园……我说，诗歌的句子不仅很通顺，而且恰恰是这样的语言让整首诗充满了动感。不对不对，老马打断我说，人能啃得动石头？钢铁会从土里生长出来？哪有这么写的啊？我说，这只是一种比喻，说明创业的艰苦性。老马依旧摇头，反正我觉得无论写什么，你得通俗易懂，得让大家一看就明白。我说，写得还不够明白吗？那一次的讨论不欢而散，我也预感到自己的工作可能不会一帆风顺。

与老马的第二次冲突是在一等奖的评选上。这次的征文比赛吸引了很多的员工，连公司老总也忙里偷闲地送来了一篇散文。我惊讶于老总对征文的支持，但对老总文字的水平却是一点也不敢恭维。就是那样的一篇文字，老马竟然要给评上一等奖。我说，不管老总这篇文字的好与坏，总应该避避嫌吧。避什么嫌？老马大手一挥，写得好就评一等奖。我惊讶于老马的武断，反击说，如果这样的文章也评一等奖，那么其他

的稿子都该评特等奖了。

老马说，你的理解有误。

我说，既然让我做评委，我就要对自己的工作负责。

谁说你不负责了，只是有些事情你还不懂。

我不懂？我有些气愤地说，再不懂，我也知道哪篇文章写得好哪篇写得不好。

你啊，以后你会明白的。

这一次的冲突直接导致了我的离去，老马说，你不要意气用事，工作还是要大家一起做的。我摆摆手，转身离开。

后来评比结果公布出来，那首诗歌还是得了一等奖，只不过"石头"变成了"窝头"，"生长"钢铁变成了"生产"钢铁。公司老总的征文得了特等奖，也拿了和一等奖一样的奖金。

因为活动组织得比较圆满，老总还专门对征文组进行了表扬，尤其提到我，说我虽然年轻，但水平高，工作认真等等。我想一定是老马跟老总说了我的好话，但当我寻找老马的目光时，他却躲开了。

那是老马最后一次组织公司的活动，因为不久后他就退休了。

后来我和别的评委说起老马讨好公司老总的事情时，那个评委还为老马辩解说，其实老马也是有苦衷的，你要知道只有公司老总的征文得了一等奖，其他人的奖金才会水涨船高的。我愣在那里，也许老马当初的做法是有苦衷的，只是我没有意识到。

我一直想当面谢谢老马，那次征文活动，我自忖自己是没有错的，而老马也是对的。

一年后，我接替了老马原来的位置：办公室主任。在每次搞所谓的文体活动时，凡是有公司领导参与的，我也犯了和老马同样的毛病，公司领导的名次不是一等奖，就是特等奖。

心 事

天还不亮，李泉就醒了。

李泉觉得很奇怪，自己原来是很能睡的，闹铃不响，他是不会睁开眼睛的，而现在，李泉摇摇头，爬起来洗漱上班。

赶到厂里的时候，楼道里的灯竟然亮着。经过厂长办公室的时候，李泉惊讶地发现，厂长的门竟然是开着的。

站在门口，李泉犹豫了一下，这么多年来，他养成了一种谨慎的处世哲学，尤其面对自己的领导，他更是百般得谨慎。他想，既然厂长的门是开着的，只会有两种可能，一是厂长昨晚没有回家，二是厂长早早地就来了。想到这儿，李泉举起了手。

马厂长正疲倦地斜躺在沙发里，看见李泉进来略微地起了一下身子。李泉说，马厂长，您——马厂长示意了一下说，你忙去吧，我没事。

掩上门，李泉轻轻地退出来。他忽然有一种说不上来的感觉，这种感觉已经有一段时间了，从马厂长上任的那一天开始，他这个办公室主任就已经感觉到了。

回到办公室，李泉悄悄地给调度室打了电话，果然如他想象的那样，生产出事故了。

八点刚过，马厂长就喊了李泉，说要去下面的车间看一看。

说实话，李泉挺佩服马厂长的，虽然年轻，却有头脑，比如上任的第一周，他就把原来打扫楼道的职工解散了，改由各部门负责。而更重要的是他以身作则，承包了周一的值日，这样就使原来有意见的人也没有意见了。还有吃午饭，原来厂长的饭菜都是由办公室的工作人员买回来的，而马厂长不，自己亲自去食堂，买了就坐在职工中一起吃，让大家很不适应。

在保全车间一处堆放物料的现场，马厂长忽然站住了脚，他说要看

一下备件台账，可是李泉喊了几声都没有人回应，无奈之下，李泉只好敲开了一间离这里最近的办公室。屋子里很热闹，有两个女工正在跳绳，其他三个女工则在嘻嘻哈哈地看热闹。李泉本以为马厂长会发火的，但马厂长只是笑笑说，劳逸结合啊。在几个女工惊讶的眼神里，马厂长转身退了出来。

一路上马厂长一言不发，脸色也越来越阴沉，李泉知道马厂长心里在想些什么，便悄悄地用手机给保全车间的主任打了一个电话。

回到办公室的时候，马厂长忽然对李泉说，听说你原来的专业是计算机控制，这么多年都忘得差不多了吧？李泉笑笑说，怎么会呢？那就好，马厂长说，我这里有一份资料，你帮我润色一下。

资料写得有些乱，勾勾画画的，李泉看了半天，才知道那是一份机构整合的报告，李泉看得惊心动魄，尤其在看到"办公室"还在编制的时候，李泉稍稍松了口气。要来的终于来了，看着那份报告，李泉才忽然意识到自己为什么醒得那么早了。

一个月前，李泉就有耳闻，马厂长要对机构进行改革。怪不得他天天下现场，原来是在摸底呢。

李泉很用心地整理好了那份报告，资料虽然有些乱，可是李泉却很喜欢，原来的厂领导，哪怕开一个普通的会议，也需要他整理一个发言稿，而马厂长却似乎没有这个喜好，整理材料毕竟比写材料简单多了。

在交整理好的报告时，李泉也顺便交了一份自己的报告。那份报告李泉大胆地设想了单位以后的发展方向和对目前管理的一些建议，当然在报告的最后他试探性地提出了自己的要求，那就是下到车间，干自己的老本行。

看到李泉的报告时马厂长怔了一下，他拍拍李泉的肩膀说，对我有看法吗？

李泉摇摇头，他觉得马厂长真不简单，把主动权又踢了回来。那一刻，他多么希望马厂长把他的要求给否定了啊。但是马厂长没有，马厂长只是微笑地看着他，仿佛他是一个陌生的人。

半个月之后，机构整合终于尘埃落定，办公室取消了，李泉去了车间。大家都觉得很意外，说马厂长够狠的，连身边的人都不给面子。

那一晚，李泉睡得很踏实，连闹铃响他都没有听见。

错 别 字

小丁还是科员的时候，老丁就是他们的科长了。

老丁为人不苟言笑，处事严谨，因为在办公室工作，天天面对的都是上级领导，对大家的要求就严格了一些。比如老丁说，大家要注意劳动纪律，大家就赶紧不迟到不早退。再比如老丁说要注意个人形象，大家就赶紧把头发梳得一丝不乱。老丁的要求大家基本上都能做到，但也有做不到的，比如错别字。老丁说，给领导们起草文件，最怕的就是错别字，如果是同音字还好，要不，丢了领导们的丑，那责任就大了。

话是这样说，但小丁就是改不了这个毛病，每次起草的稿件总有那么五、六个错别字。每次审核小丁的稿件老丁都很头疼。这头一疼，他就要对小丁教训上那么几句：跟你说多少遍了，每次写完了自己先要检查上几遍，你怎么就是改不了。老丁的表情难看，小丁的表情也很痛苦。小丁说，科长，我真不是故意的，每次写完稿件我都要看三四遍的，可我就是发现不了那些错别字，这能怪谁？老丁说，你说怪谁？还能怪我了，再这样下去，我这个科长早晚得挪窝。

这话还真叫老丁言中了，在一次机构改革中，老丁因为年纪大靠边站了，小丁做了科长。

在为老丁举行的欢送会上，小丁有些恋恋不舍，说这些年要不是有老科长把关，自己不知道会惹多少事端。说得老丁一时心血来潮，就对小丁说，我最放心不下的就是你这个毛病，科长的位置不是谁都能当的。

小丁的脸白了一下，不过因为喝酒，一点也没显出来。

虽然挪了位置，老丁依旧很关心办公室那边的工作，每次有文件下发下来，他都要戴上老花镜匆匆忙忙地看上一遍，这一看不要紧，有几次还真就发现了错别字。

老丁坐不住了，他赶紧给小丁打电话，等他把问题说清楚，小丁客气地说，老科长说得极是，我们工作做得不细，马上就改，马上就改。放下电话，小丁却有些不舒服，心想，还以为自己是科长啊，有这功夫喝两杯茶水不好吗？心里虽然不舒服，小丁还是喊来下属训斥了一番。

老丁退休的时候，小丁已经是单位的一把手了。小丁应邀出席了老丁的退休欢送会。小丁对老丁说，虽然退休了，可还要发挥余热啊，想当年，要不是你严谨的工作作风，我也做不到一把手啊。

老丁看着谦逊的小丁说，是啊，当一把手了，就更要注意错别字，要不让人笑话啊。

小丁的脸一白，不过大家的注意力都在酒上了，谁也没看到。

闲来无事，老丁依旧爱关心原来单位的事情。有一次老丁又在原单位的职代会报告中发现了几个错别字，他急忙拨了小丁的电话，小丁笑了几下说，谢谢老领导的关心，我们早就发现了，已经改过来了。

放下电话，小丁就有些生气，真是江山易改本性难移，退休了还乱管闲事，也不嫌老得快！

转天，小丁叫办公室更换了新的电话号码，他说最近骚扰电话太多了。

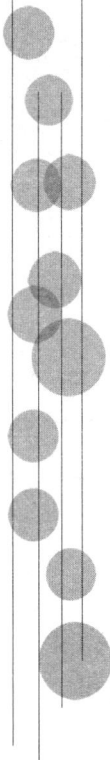

手　疼

　　有一段时间了，老马一闲下来，两手就有些微微的疼痛，可是他翻开手掌，左摸右捏，却也找不出疼的具体部位。老伴说，根本就没毛病，都是闲的。老伴陪着他去看了医生。医生帮他拍了 X 光片，没有发现问题。又找骨科的老大夫帮他揉捏了半天，依旧是正常。老马说，这就怪了。老大夫说，都是心理问题，并问他以前是不是受过什么创伤。老马摇头，做了一辈子领导，根本就没干过什么重活。老大夫说，既然这样，你就加强手部的活动吧。

　　听了医生的话，老马就加强了两手的锻炼。可是锻炼的时候手不疼，一闲下来，手依旧疼痛。

　　有一天，老马和老伴路过一处公园的时候，看到一帮老头老太太们在做拍手操，觉得很热闹，就站下来看了半天，后来禁不住熟悉人的怂恿，也加入了拍手操的行列。这一拍不要紧，一整天，老马的手竟然没疼过。

　　老马觉得很奇怪，又拍了几天手，手竟然一次都没疼。

　　老马又去找了骨科老大夫，等他说明了疑问，老大夫微微一笑说，我知道你的病因了。老马洗耳恭听。老大夫说，你以前是不是老开会？老马点点头。是不是经常鼓掌？老马依旧点点头。老大夫说，这就是了，你这是肌肉官能渴望症，都是当领导当的，以后你没事的时候就鼓鼓掌，你什么毛病也没有。

陪 床

阳光有些刺眼，他拉了一下窗帘，正好可以挡住病床上的人。病床上的人睡了，他也有点困，毕竟熬了一夜了，虽然中间也打过几个盹，可是病床上的人一有动静，他就得赶快清醒起来。其实病人有时候只是伸一下胳膊，或者踢一下腿，但是他不想给病床上的人留下怠慢的印象，所以他感到很累，他觉得陪床一点也不比工作轻松。

一周前，科长找到他说，现在有一个任务，对你很重要，你务必抓住这个机会，否则就……科长的话没说完，但是他心里很清楚。这些年，科长对他一直不错，一直想把他的位置提一格，可是苦于他没有文凭，所以他对科长的话深信不疑。科长说，经理住院了，需要几个人陪床，咱们部门要出一个人，我掂量了一下，还是觉得你合适，这是个千载难逢的好机会，你一定要获得经理的好感，说不定年底你的副科就批下来了。

看着科长的脸，他重重地点头。他知道，依自己的性格，这种事打死他也不会主动靠前的，可是现在科长说得很明白，如果拒绝无疑是对科长一片好心的不尊重。

事情的发展果然如科长所说，那天经理恍然大悟地说，你就是小白啊，早就听说了，一直也没对上号，好好干，你们科长跟我提了好几次了。

他冲着经理卑微地点点头，说实话，他不知道说什么好，他对单位的用人制度早就死心了。上面天天喊着要发现人才重用人才，可以你放眼看一看，有几个人才是被发现和被重用的？那些话不过是经理掩人耳目的道具而已。

说实话，这几天他很用心，这倒不是为了取悦经理，而是他一向就是这样做事的，包括自己的家人，知道他给经理陪床，家里好多活都不

让他做了。

其实他对经理一直都不感冒。他曾听说过经理的很多小道消息，比如大吃大喝，比如生活作风，原来他都似信非信，可是就在昨天，他都相信了。昨天有个外地的客商来看经理，临走时扔下一个很大的信封，经理连客气话都没说，还用那种有寓意的眼神看他。他默默地把那个信封放进经理的黑色皮包里。其实他什么都懂，都说伴君如伴虎，现在他可知道这种滋味了。有时候他真的想逃离，可是一想起科长的话语，还是坐下来，伺候经理的吃喝睡觉。

看着病床上依旧酣睡的经理，他打个哈欠站起来。透过窗户他看到了窗外的阳光和花池里的花朵，他竟然有了一种对生活的美好渴望。

倦意依旧没有赶走，他想还是睡一会儿吧。他趴在椅背上，很快就迷糊了。

不知道睡了多久，他忽然被腰间的手机震醒了。看看经理还睡着，他才放心地拿出手机。是一条短信，妹妹发来的：前天，咱娘的老病又犯了，不过不要紧，现在已经好多了。

填 空

一大早，研发部张部长就接到经理的电话，要他尽快选出一个优秀科技工作者报公司去。经理专门强调了评选者的条件，一必须是男性，二必须有高级工程师的职称，三必须是在研发部门工作的技术员而且不能是领导。

挂了电话，张部长的脑子就开始过电，选一个优秀科技工作者并不难，可是要满足那三个条件就不好找了，而且关键的是这个人物必须优秀。

研发部一共就五个技术员，除了一个女性，其他四人中有三个人没有高级称职，剩下的就只有苟兴旺这个人了。

张部长想，这哪里是选优秀科技工作者啊，分明是在填空嘛。

想起这个苟兴旺，张部长就有些上火。

苟兴旺是外分的大学生，刚来那几年还认真工作了几年，获得了高级职称。最近几年，因为不满足于现状，天天闹着要辞职，连班都不好好上了。要是这样的人当优秀科技工作者，还让别的人干活吗？

想到这里，张部长就给经理挂了电话，没等张部长解释完，经理就说，咱们这么大个单位，如果连个优秀科技工作者都选不出来，上级领导该怎么看咱们啊？矬子里拔将军，就按要求选。

经理的话让张部长无可奈何，那人选只能是苟兴旺了。

苟兴旺这几天正闹情绪呢，原因是张部长扣了他的奖金。请事假扣奖金本来就是无可厚非的事情，可是苟兴旺觉得张部长对他有意见，为什么上一次就没扣呢？

张部长耐着性子给苟兴旺说完评选优秀科技工作者的事情，本以为苟兴旺会喜笑颜开，可出乎张部长意料的是苟兴旺说，我不要。

理由呢？张部长依旧耐着性子。

我不配。苟兴旺说，我老请假，工作也没什么成绩，丢不起那个人。

怎么是丢人呢？这是荣誉。张部长已经耐不住性子了。

不管丢人还是荣誉，我不要，你找别人吧。苟兴旺说完竟然一扭头走了。

张部长愣在那里，牙咬得恨恨的，这种人，真他妈少见。

不过生气归生气，人选还得报上去，材料还得写。

张部长喊来那个女技术员，刚把替苟兴旺写材料的事情交代清楚，那个女技术员却说，部长，不是我驳您的面子，别人的材料我都可以帮着写，唯独苟兴旺的，我写不出来。

张部长一下子又愣在那里，心想，这部长当的，一点威严都没有了。他想再找别人来写，可是万一遇上像女技术员这样的拒绝呢，张部长想了半天，还是决定由自己来写苟兴旺的材料。

想的时候容易，可是写的时候还真难。张部长回忆了苟兴旺这些年的工作成绩，竟然乏善可陈。张部长只好凭着自己的想象，列了一个大概的提纲，把别人的工作成绩慢慢往里面填。

苟兴旺的优秀科技工作者报上去了，可问题又来了。上面给苟兴旺发了 2000 元的奖金，这让张部长犯了难。都给苟兴旺吧，他一点力都没出，不给苟兴旺吧，可是上面是发给苟兴旺的。

张部长又给经理挂了电话，经理说，这么点事，看你没完没了的，苟兴旺拿大头，其他人拿小头。

张部长给苟兴旺了 1000 元，剩下的 1000 元大家平分。

本以为这是个皆大欢喜的结局，可是苟兴旺却不干了，他找到张部长要那 1000 元，还说如果不给的话就举报到公司去。

张部长说，荣誉是你的，可工作是大家做的，材料也是我写的，你就不能谦让一点吗？

苟兴旺说，我说不要的，你们非要给我，既然荣誉给我了，奖金也是我的。

张部长说，这是请示了经理的，我不能违背经理的指示。

苟兴旺说，既然这样，我无话可说。

几天后，公司纪委的人果然下来找张部长了。虽然大事化小，但那 1000 块钱必须付给苟兴旺。

苟兴旺胜利了，可是张部长却很恼火，他甚至放出狠话，研发部有我没他，有他没我。

让所有人都没想到的是，一个月之后，张部长真的调离了研发部，而接替他位置的竟然是苟兴旺。

老马和小马

　　老马和小马是一个车间的同事，虽然都姓马，可是关系并不怎么亲密。

　　老马是天津人，说话就爱带个"你妈"的口头语，小马觉得别扭，有一次就对老马说，你说话不能不带口头语？老马说，你妈怎么了？小马的脸就拉下来，说，竖子不可教也。老马不明白，就问，你说嘛，你妈什么意思？小马白了老马一眼，扭头走开。

　　不投机，话就少了。老马在办公室的时候，小马就出去。老马抽烟的时候，小马就故意声音很大地把窗户打开。当然小马看书的时候，老马也故意哼歌、京剧、河北梆子，要不就用脚打拍子，啪啪的，像是噪音。

　　老马保管着车间的劳保用品。有一次因为公事，小马向老马要几副帆布手套。老马就说，主任没跟我说，我不能给你。小马说，就是主任让我来找你的。老马说，你让主任亲自跟我说，要不出了问题我可负不起责任。小马说，能出什么问题？不就是几副手套吗？老马说，话可不能这么说，几副手套事小，出了问题性质就严重了。小马知道老马故意刁难自己，只好硬了头皮去找主任。后来小马领了手套，觉得不能这样便宜了老马，就故意拿出一副手套，当着老马的面扔垃圾箱里了，还说，什么破手套！老马看着小马的背影，说一句神经病，趁没人的时候，又把那副手套捡了回来。老马觉得不过瘾，又呸了一口唾沫，说，败家子！

　　其实老马和小马都有很多优点的，比如老马热心，谁家有点什么事都爱去帮忙。比如小马勤快，办公室地面脏了，拿把墩布就擦了。有人说他们两个犯相，小马听了，把头一扑棱说，不是一路人，少拿我跟他说事儿。

　　车间主任也感觉到老马和小马的别扭了，有一次就组织了一次春游。

去五台山，十来口人，两天的时间，要在五台山住一晚。因为主任事先都打好了招呼，晚上住宿的时候，大家一组合，最后就剩老马和小马了。小马想跟别人换，可是别人都不换，小马最后只好硬了头皮和老马睡了一屋。

老马也觉得别扭，不过他觉得反正就是一晚，闭上眼睛天就亮了，好挨。

小马睡觉有踢被子的习惯。老马年纪大了，起夜的次数就多一些。有一次去洗手间，老马看见小马的被子掉到地上了，犹豫了半天，最后还是把被子捡起来盖到小马的身上。小马被惊醒了，不过小马装睡，心里却暖融融的。

"十一"长假，车间安排值班。主任又把老马和小马安排在了一天。那天生产上的事儿特多，等到下班的时候已经很晚了。老马步行，小马骑摩托车。小马说，我送你回家吧。老马说，不用了，几步就到家了。小马说，累了一天了，走吧。老马觉得不好再拒绝，就坐上了小马的摩托车。快到家的时候，老马说，反正你到家了也是一个人，咱们干脆就在外面吃点饭吧。小马说骑摩托车了，不能喝酒。老马说，就把车放饭店好了，反正离家也不远，明早再来骑。小马想了想，就说好。

饭吃得很不错，两个人两杯酒进肚，话就多起来。从"神舟"飞船聊到"钓鱼岛"，从产品销售聊到市场形势，两个人谁都没想到，他们竟然也有共同的话题。

结账的时候，两个人发生了争执。小马说我请客。老马说我年纪大，怎么能让你请客。小马说，你年纪大更不能让你破费了。老马说，今天我说了算。小马说，以前光听你的了，今天我做回主。争来争去，老马的火气一下子上来了，一把拉开小马说，你妈还有完没完，今天我请定了。小马觉得有些别扭，就说，看你，听你的就听你的呗，又你妈，你妈的，真没意思。

老马说，就没意思了，你妈快回家吧，明天别忘了来骑车。

小马一个人走出饭店，看了看夜空，又打了个嗝儿，忽然自言自语道，真他妈的。

一起发财

闲来无事，张大爷总爱沿着那条由生活区通向乡村的马路散步，他说自己喜欢这种闲逸的感觉。

马路是刚翻新不久的，比原来宽阔了，也比原来平整了，一马平川，看着就让人心里敞亮。

这天，张大爷忽然在马路的一侧遇到了昔日的同事小马。张大爷说，小马，你也有闲心出来逛了？小马笑笑说，我哪里像你这么有闲情逸致啊？这不，刚成立了一个废品收购站，忙呢。顺着小马的手指，张大爷果然看见在小马的身后有一座简易的院子，里面乱哄哄的，看起来业务还不少。张大爷说，你小子发财了。小马笑笑说，发什么财，还不是挣碗饭吃。张大爷说，我又不跟你借钱，少跟我酸唧唧的。小马说，一起发财，一起发财。

从此，张大爷每次路过小马的废品店，总要进去看看小马和他的废品店。

有一天，小马对张大爷说，我这里缺少个帮手，你看能不能屈尊帮帮忙？

张大爷说，不嫌我老？

小马说，家有一老，胜似一宝，我就喜欢像你这样年纪的，有责任心，办事又认真。

张大爷说，我回去跟老伴商量一下，明天给你回话。

其实商量只是个托词，张大爷回去跟人打听了一下小马的现状，知道他刚从炼铁厂辞职，开这个废品店也是看准了附近这几家钢铁厂废钢铁的需求量。张大爷觉得小马挺有眼光的。

回复了小马，张大爷就开始上班了。小马说，其他的事情你也不用多管，每天帮我指挥一下车辆，看着废钢铁不被人偷就行了。

这样的工作对张大爷来说太简单了，每天他就拿个凳子坐在一边，看进进出出的车辆和男男女女各色面孔。

当然，张大爷也看那些废钢铁。他对那些废钢铁太熟悉了，在钢铁厂干了一辈子工作，他熟悉那些钢铁的习性，甚至于自己的喜怒哀乐。

有一段时间，废品站的业务很忙，每天都有一些陌生的车辆开进来。小马笑得合不拢嘴，张大爷说，小马，恭喜发财啊。

小马说，一起发财，一起发财。

闲来没事，张大爷也爱围着那些废钢铁看。他总想从那些废钢铁的形状上判断出它们以前的用途。他觉得做钢铁真好，废旧了还能溶化了新生，比人强多了，人老了，只能等死，能不能重生，只有死后才知道。每次想到这些，张大爷就有一种惆怅，人生无奈啊！

有一天，张大爷忽然感觉到有一些废旧钢铁很眼熟，甚至说不上是什么废旧钢铁，俨然就是刚生产出来的成品，只不过割成了小块，就成废品了。看着那些"废旧"钢铁，张大爷忽然间意识到了什么，他回家查了电话号码，然后拨过去，接电话的是一个年轻的口音，对张大爷反应的情况似乎有点不耐烦，他说会向上级领导汇报的。

可是过了很久，那些"废旧"钢铁依旧源源不断地送过来，张大爷就有点坐不住了。他又拨了另外一个电话号码，电话里打着官腔说，有这种事吗？我们查一查再说。

剩下来的日子，张大爷就在等。但是"废旧"钢铁依然来得很勤，那些崭新的"废旧"钢铁每天都在刺激着张大爷的眼睛，让他坐卧不安。有一天在炼钢厂上班的儿子回来对他说，单位的经营越来越困难了，厂子里准备减员增效。

张大爷的心仿佛被什么东西狠狠地撞了一下，憋了半天，才恨恨地说，败家子！

转天张大爷就辞了废品店的工作，看着小马疑惑的眼神，张大爷说，减员增效。

选举风波

如果不是杨主席那句话，会议也就散了，可偏偏会议结束的时候杨主席多说了一句话。

这是一个工会副主席选举的会议，说是选举，其实也就是走走过场，因为工会副主席的人选早就在上周公布了，这个会议不过是做做样子，民主选举嘛，总是要留点痕迹的。

其实大家对这样的选举也没有多大的兴趣，早就盼着会议结束了，与其在这里耗着，哪有去自己办公室呆着舒服啊？

所以对任何阻碍会议结束的情况大家都很反感，但是让大家反感的事情偏偏就在会议即将结束的时候发生了。

杨主席说，大家还有事吗？

老孙就是这时候接话的，他说，我还有点事。

会场顿时安静下来，大家都瞪着眼睛看着老孙，不知道他会有什么事。

老孙看出了大家的疑问，不过他并不着急，他说，如果大家有事，可以走，我单独跟杨主席说一下就行了。

杨主席说，大家再等一下，让老孙把话说完。

老孙说，今天是选举的会议吧，作为一个代表，我觉得有些耻辱。

会场的气氛骤然间凝重起来，大家面面相觑，都觉得老孙的话重了。

老孙继续说，什么叫选举？那是有严格程序的，你们都把人选公布了，还让我们投票，也太不把我们当代表了。

看杨主席的脸色，早已经挂不住了。

其实谁也没想到老孙会来这一手，一个企业里小小工会副主席的选举，何必当真呢？

老孙继续说，作为一个职工代表，我们就要认真地行使代表的权利，

既然杨主席征求我的意见，我就要把自己的看法说出来，不到之处，还请大家谅解，我的话完了。

会议是怎么散的，大家都没有印象了，一些人觉得老孙多事，一些人觉得老孙敢作敢当是条汉子。其实他们也有老孙这样的看法，只不过没有提出来罢了。

工会副主席的重新选举是在两周之后进行的，看来老孙的意见没有白提。这次上级部门履行了严格的程序，还请老孙做了监督员。

重新选举的结果与上次没有变化，杨主席还专门征询了老孙的意见，老孙说，这次选举符合程序，我没有意见。

有人埋怨老孙多事，说，闹了半天，结果还不是一样。

老孙说，怎么能一样？

有人说，怎么不一样，不是也没换人吗？

老孙说，这跟换不换人没有关系。

有人说，怎么没有关系？

老孙说，你不懂的。

有人说，我不懂？还不是你害得大家又费了一次工夫。

老孙笑笑，不再说什么，他觉得有些事让大家弄明白是需要很长很长时间的。

业务员老马

老马是那种很乖巧的人，比如他来我们这里谈业务，看我们忙，就会一声不响地在楼道里等着，要不就一个人拿起厕所的笤帚打扫楼道里的卫生。这让我们很过意不去，一般情况下大家都会推掉手里的业务，先跟老马谈。

据老马说，他是个癌症病患者，只不过因为发现得早，及时地控制住了，才捡了条老命。老马常说，都到马克思那里报过到了，什么都不在乎了，什么名啊利啊，都是浮云。

老马的淡泊让大家很敬佩，觉得企业里有老马这样的业务员真是幸运。

说实话，老马公司的产品并不是那么出类拔萃的，我们公司老总也是出于对老马所在民营企业的扶植，才多多少少地用了一些他们的产品，这一点老马并不知道。

据老马说，他原来是某家公司的销售员，得病后单位上看他年纪大就让他内退了。当时他老家村里的企业正遇上销售的瓶颈，就找到他，说是跑跑腿，能干多少就干多少，有一点点待遇。开始一家人都反对，后来看老马自己坚持，家里人也就不阻拦了。

据我们后来的了解，老马内退属实，人家找他当业务员也是真的，只不过那家民营企业的老板——也就是村支书，是他本家的一个侄子。我们都说，怪不得老马这么投入呢。

老马也请我们吃饭，我们一般都拒绝，多次之后他就很严肃地跟我们说，这又不是不正之风，即便是没有业务关系，朋友之间就不能坐坐吗？我可是以朋友的身份邀请你们的。又拍着胸脯说，我保证用我自己的钱请你们吃饭，不花公司一分钱的。尽管他这样说，我们也不想去，以他那样的身体，万一出点什么事，谁能打保票。

有一次老马来找我，吞吐了半天，才说，他想买一台电脑，可自己又不懂，问我能不能帮他参谋一下。这样的事情放在谁身上恐怕都不会拒绝的。星期天我跟他一起去邯郸买电脑，我说在本地买就可以了。他说本地的不好，没保障，还是去大城市买吧。他专门找了一辆汽车，走到半路，司机却转到了一处风景区，说要歇歇脚。歇脚之余风景是自然不能放过的，中午饭自然也是顺其自然的，直到去大商场挑了半天电脑，老马却说没有中意的，这才有些恍然大悟，揭老马的老底儿，老马说，给我办事儿，我就得管饭，这事就是说到大天边，谁也挑不出毛病。

后来老马再跟我吞吐时，我就说，是不是又要买电脑？

老马说，不要总这样看人嘛，谁家老买电脑啊，就不能换点别的？

老马的回答让我忍俊不禁，这人，还有点幽默感。

一年后，老马忽然不见了，取而代之的是一个年轻的小伙子。我们忙打听老马的去向，小伙子说，那个老马啊，太爱搀和事了，公司里已经不用他了。

原来村里改选，村里的人分成了两派，老马自然是他侄子的那一派。两派的动静闹得很大，似乎还有了暴力倾向。老马身处其中，自然发挥了他销售员的特长，成了他侄子那一派的中坚力量。不过他们这一派后来还是失败了，老马从民营企业里走人也就很正常了。

我后来又见过一次老马，他的精神气色依旧，看不到一个失败者的消沉。我对老马说，你这么大年纪了，身体又不好，跟那些年轻人瞎搀和什么啊？没想到老马两眼一翻说，我就是看不惯他们那一套，老子打下的江山，凭什么白白便宜了那帮兔崽子！

我想起老马以前说过的那些话，一时无语。

阿 贵

车间办公楼的下水道堵了，车间杨主任找厂里反映了好几次，厂里也没派人下来，后来杨主任再反映的时候，厂长就说，都减员增效了，哪还有人来专门处理这事，你们自己想办法解决吧，人还能让尿憋死？杨主任这才意识到，现在已经不是以前了，再这么等下去，倒霉的只有自己。

杨主任打电话找来了阿贵。阿贵说，这事不属于我管啊。杨主任说，原来不属于你，但现在不能这么说了，活是大家的，轮到谁头上都得干。阿贵说，好好，算我倒霉。

阿贵是车间的钳工，平时抡扳手动管钳的，现在捅下水道自然不在行，但是让阿贵自己都没想到的是，经过半天的努力，车间办公楼的下水道竟然疏通了。杨主任在车间的会议上表扬了阿贵，说现在市场形势严峻，每个人都必须一专多能，你们看看人家阿贵，不就是把下水道的工作圆满完成了。

大家都对阿贵刮目相看，阿贵自己也觉得很高兴，毕竟是表扬嘛。

车间办公楼下水道第二次堵死的时候，杨主任又找来了阿贵。阿贵皱皱眉头说，主任，这活儿也应该换换别人了吧。杨主任说，你不是有经验了吗？找别人又得从头开始，还是你来干吧，这次有奖励。阿贵说，最后一次啊。杨主任说，最后一次。

这次，经过一天的努力，阿贵又把下水道疏通开了。杨主任没有食言，奖励了阿贵100元钱。

有一天，杨主任被厂长叫住了。厂长说，你们上次办公楼的下水道是谁疏通开的？杨主任说，阿贵。厂长说，阿贵是谁？杨主任说，我们车间的钳工，小伙子干得很不错，都疏通开两次了。厂长说，正好，你让他再辛苦一次，把我们办公楼的下水道也疏通一下吧。杨主任皱皱眉，说好。

这次阿贵没等杨主任发话，就说，是不是又是下水道的事情？杨主任说，你真聪明，就是这事。阿贵说，主任，你把我的钳工改成下水道工吧。杨主任说，我不也没办法吗？厂长安排的活儿，能拒绝吗？你再辛苦一次吧。

阿贵没再讨价还价，他带着工具去了厂长的办公楼，没几下，就疏通开了。阿贵的工作效率受到了厂长的表扬，厂长说，强将手下无弱兵啊！杨主任说，小菜，小菜。

从这以后，单位里不管哪个办公楼的下水道堵了，都来找杨主任。杨主任说，我们又不是专职的，你们还是另请高明吧。杨主任拒绝的事情传到厂长的耳朵里，厂长就有些不高兴，说，什么叫另请高明，要有大局意识嘛。

再有下水道堵的时候，杨主任很为难，倒是阿贵大度起来，说，不就是疏通个下水道吗？有什么大不了的。

杨主任很感激阿贵，觉得阿贵是车间里的骄傲。

但是车间的骄傲没坚持两年，阿贵就辞职了。杨主任有些恋恋不舍，阿贵说，人往高处走，我也是没办法。

阿贵去的是一个家政服务公司，虽然也是干疏通下水道的工作，可是收入高，小汽车都买了。

这天，一个居民家的下水道堵了，得到公司调度员的通知，阿贵开上小车就赶去了，没想到，敲开门，竟然是杨主任家。熟人相见，自然分外客气。杨主任说，真没想到，当年一个偶然的工作，竟然改变了你的现状。阿贵说，是啊，要不是您，我哪有现在啊？真该感谢你。杨主任说，我也没办法，你不记恨我就好了。阿贵说，怎么会啊。

不知道是杨主任家的下水道堵得太死，还是有其他原因，阿贵折腾了一上午，也没疏通开，急得阿贵一脑门子的汗。杨主任说，不急，不急，慢慢来，慢慢来。

但是阿贵最后也没把杨主任家的下水道捅开，只好回去复命，让公司派别的人来。

阿贵的表现受到了公司经理的批评，经理说，还有我们完不成的任务吗？丢人！

阿贵看看经理没说话，心里却想，丢人怎么了，别人家的下水道都能疏通开，唯独他姓杨的，没门！

厌　倦

我从来也没想过，十年后，我会故地重游。

说实话，我一点也不想回来。想当年自己离开这里的时候，真是一把辛酸泪啊。可是时过境迁，我现在竟然要来帮助他们渡过难关了。

接待我们的是财务处的李处长，想当年，我离开的时候，他就是处长，没想到十年之后他依然在处长的位置上。李处长很热情地接待了我们，握手时，他轻轻地拍拍我的肩膀说，没想到你现在这么出息，都是政府机关的领导了。

我说，什么领导啊？还不是你们当年的培养。

李处长脸色一白，他大概听出了我的话外之音。

当年，我辞职的时候，他们曾百般阻挠，先是不给档案，后又下文件，要求辞职的人一家三口必须全部迁走。我知道文件不是冲我一个人来的，但文件在下面还是引起了强烈的反对，骂娘声此起彼伏。

为了能顺利地辞职，我和老婆办了假离婚。因为孩子还小，需要一个稳定的学习环境。

辞职后，我在一个同学的企业混了一年，就考上公务员了，我曾信誓旦旦地跟老婆说，这辈子我再也不想回那个地方了。可是话刚说了没多久，我就不得不硬着头皮回来了。

李处长跟我简单地介绍了企业现在的情况和面临的困难。我说，你们去年的职代会报告上不是说创造了3个亿的利润吗？怎么现在就困难了。

李处长皱皱眉头说，那不是想稳定一下军心吗？

我说，稳住了吗？

稳什么啊？职工们天天在网上骂娘，要求辞职的人越来越多了。

你们不是有制度控制辞职吗？

是啊，是啊，原来的制度你也知道，现在又增加了很多条件，比如凡是辞职的人都必须把户口迁走，要不就不给办理养老保险和公积金转

账手续，就这样，也控制不住。

我说，人才流动也是对的，你们可以广招人才啊。

李处长摇摇头，人家都不来，来了的过不了多久就要走。

为什么？

李处长摇摇头，不知道。

我看看李处长，知道他没说实话。

晚宴是在他们企业最好的招待所进行的，除了李处长，能来的大小头头们都来了。尽管当年这些大人物都是我轻易都见不到的，但是时过境迁，我们的角色调换了一个位置。

都说官大一级压死人，尽管我没有这样的心思。

酒是好酒，菜也都是好菜，我看着那些大头头们的笑脸，心里忽然很不是滋味。

他们公司的总经理姓张，我在的时候，他是副总经理，现在已是总经理了。

张经理很客气地跟我敬酒，但是我以不喝酒拒绝了。张经理说那就多吃点菜，他边说边堆起一副笑脸说，我记得你当年很能喝的。我笑了笑，那时他根本就不认识我，怎么会知道我能喝？套近乎罢了。

酒过三巡菜过五味，气氛就好起来。我看他们之间轮流敬酒，那气氛根本看不出企业有什么困难。

中间我去厕所的时候，李处长跟了出来。他可能喝得有些多了，走路摇摇晃晃，说话也磕磕巴巴了。李处长说，你当初多亏辞职了，要不现在啊，可能还是一个小技术员。

我说，那倒不一定。

李处长说，怎么不一定？你看看我，处长都干了十多年了，现在还干处长呢？

我笑笑不语。

李处长接着说，这个破地方，都快把人窒息死了。

我说，李处长，你喝多了吧？

没多，没多。从厕所出来，李处长看看左右没人，忽然凑近我的耳朵说，实话告诉你，我也想辞职了。

我说，千万要慎重。

慎重个屁！李处长的声音忽然大起来，我厌倦透了！

我没说话，其实当年我辞职的时候，也是这样的心情：厌倦。

班组人物

老张

老张今天可遇上难题啦。

偌大的教室里，别人都在刷刷地写着，只有他干坐着。他想抽烟，可刚一点上，监考老师就上来毫不客气地阻止了。老张弄了个大红脸，他坐在那儿，盯着前面那块黑板呆呆地发愣。忽然他眼前就出现了幻觉，似乎黑板上出现了一串人名，他左寻右找却怎么也看不到自己的名字。可是同事郭大刀、小杨子的名字却清晰地写在上面。老张心里说完了，这下被他们落下了。钱多钱少不重要，关键是丢人啊。他去找车间主任理论：凭什么给他们长工资，却不给我长？正闹着，小杨子来扯他的胳膊说，你考试没及格，当然不给你长。他甩开小杨子的手，呸了一口说，小兔崽子，你也来看我的热闹，不及格怎么了，没有功劳还有苦劳呢。正愤愤不平地吵着，左边有人悄声地喊他，老张就清醒了。喊他的是同事郭大刀，郭大刀悄悄地说，老张，你答得怎么样啦？老张摇摇头小声地说，别提啦。郭大刀又说，我这儿有纸条，要不你抄抄。老张依旧摇摇头，有纸条也没用，我不会写字。嗨，郭大刀皱皱眉头，又答自己的题去了。老张坐在那里苦恼了一会儿，然后把卷子一扣走出了教室。

回到家里，一看就不对头。老伴坐在一边阴着脸，孙子小虎眼泪巴叉地望着他。怎么了？自己有气憋在心里，该劝的还得去劝。

问你孙子去！老伴依旧赌着气。

小虎，又惹你奶奶生气啦？说实话他喜欢孙子，无论在外面有多少的烦恼，只要回家一看到孙子，就什么气也没有了。

奶奶打我。小虎委屈地说。

为啥打你？他揽过孙子抱在怀里。

奶奶……小虎看看奶奶，低下了头。

你看看他的考试成绩，越来越不像样子了。

提起考试，老张的头就有点发晕。他拿过老伴递过来的卷子，不看则已，一看浑身就有些抖起来。小虎，他推开孙子大声地喊道。

爷爷，小虎胆怯地应道。

爷爷平时都教你什么啦，要好好好学习，以后做个有知识的人，怎么你才考了50分？

我不知道。

你还嘴硬，我看就是欠打。奶奶余怒未消。

就不知道嘛！小虎梗起脖子。

小虎！老张瞪起了眼珠子。

小虎怔了一下，忽然撒泼起来，爷爷也来欺负我，我走，我找我爸妈去，嫌我考得少，你们还考不了50分呢！

说者无意，听者有心。老张的血呼呼地往上涌。他冲着小虎高高地举起了手掌。

小虎一看要挨打，抱住他的腿。死命地哭起来。

但老张举了半天，手臂却怎么也落不下来。他心里疼丝丝的，自己让别人笑话也就罢了，可是小虎，千万不能再没有文化了。

老张垂下手，抱起小虎，流着泪说，好孩子，咱好好学，给爷爷争口气，给爷爷争气。

一时祖孙两人哭作一团。

郭大刀

郭大刀新收了一个徒弟，姓夏，叫玉兰，人长得漂亮，也很文静，张口闭口师傅挂在嘴边。郭大刀挺喜欢，心说老了老了又收了这么个嘴甜的徒弟。夏玉兰也会来事，不仅打水扫地勤，连郭大刀的工作服脏了，也悄悄地拿来一起洗了。郭大刀看在眼里，记在心里，言谈之中不免就带出来。老张说，既然小夏这么好，那给你当儿媳妇算了。郭大刀一摆手说，你可别瞎说，人家女孩子面皮薄。不过经你这么一说，我还真有了这个心思。

老张说，这个媒人我当定了，到时候别少了我的喜酒喝。

郭大刀说，别喝醉了就行。

郭大刀心里有了这个想法，也就把自己当作了家长，再有事就不叫小夏了，小夏小夏的，多远啊。每逢吃饭，郭大刀总是将特意带来的好菜拨给夏玉兰，夏玉兰不要，他就嗔了脸说，师傅是外人吗？要不就是嫌师傅脏。夏玉兰红着脸说都不是，郭大刀就说，这不得了，你不嫌弃就吃吧，啊，吃吧。夏玉兰就吃了，只是心里很别扭。再吃饭的时候，不是吃在前面，就是吃在后面，要不就躲到一边去。郭大刀发觉了，以为女孩子害羞，心中更加喜欢。

年底了，班组里要选先进生产者，名额只有一个，老张说，咱们选班长吧。郭大刀说，班长就班长，我没意见。夏玉兰在一旁眨眨眼，心说师傅选谁我就选谁。投票的结果，班长以八票对一票的绝对优势当选。面对结果，郭大刀老大得不高兴，八票中竟然没自己的一票，他不是恼没选上，而是恼夏玉兰。别人不选我有情可原，你是我徒弟却也不给师傅抬轿，我要你这徒弟何用？心中有气，脸上就不好看，关门也使劲摔，茶水也自己倒了。夏玉兰不知就里，以为师傅家闹别扭了，但做徒弟的又不能多问，就少了言语。郭大刀更不高兴了，心说我没找你的茬，你倒耍起小脾气了，你不跟我说话，我看你还厌呢。郭大刀就向班长提出不带徒弟了，说自己能力有限，不能误人子弟。班长不应，老张也劝说，你真是个大刀，净瞎砍，人家小夏哪儿不好了，现在知道误人子弟了，早干嘛去了，还说让人家当你的儿媳呢，亏我还没和人家说。

没想到郭大刀头摇得拨浪鼓似的，我可不要这样的儿媳妇，到时候还不把我气死？

老张张张嘴，一下子噎在那里，半天没喘上气来。

班长

虽然班长被选上了先进生产者，但是班长执意不要。班长是七零年的技校生，年龄比老张、郭大刀他们都小，为人谦虚，工作又认真，平时没少征求老师傅们的意见。他觉得自己是班长，就应该有班长的样子。他对大家说，当初老张没长上工资，他工作又做得好，我看这个先进让他当吧？大家一致说，没意见。老张在一旁一脸得激动，事不大，但叫

人感动。他潮着眼睛对大家说，等奖金发下来，我请客。大家都拍着双手表示欢迎。班长说，就这么定了，大家也别乱传，让外人听了好像咱不民主似的。大家都点头称是。

说不传不传，但不知怎么这事就传到宣传科小胡的耳朵里，小胡正为年终没有典型可报道而发愁呢，一听到这个消息。立马来了精神。他兴冲冲地来采访班长。班长说工作忙，没时间，硬是让小胡吃了闭门羹。但小胡没灰心，心说我采访不了你，还采访不了别人吗，你越是这样我就越要写写你。小胡这一拧不要紧，那牛劲又上来了。他几乎采访了班组的所有人，得到了丰富的一手资料。后来又觉得内容还单薄一些，就跑到技校去打听班长当年的学习情况，不仅把班长得过几次三好学生打听得清清楚楚，而且还挖掘到班长长年照顾一位邻居老人的事迹。小胡好激动，连夜挑灯苦战，没几天，一篇题为《默默无闻，平凡之中见伟大，兢兢业业，小事里面显精神》的通讯就登在厂报的显著位置上。

班长看到报纸，汗就下来了。班长说，我哪儿对不住大家了，你们竟这样跟我过不去，你看这报纸写的，都是水分。这个小胡，也真成问题。大家说，这不是你自己的事，这是大家的事，你觉得显眼，我们还觉得光荣呢。

老张也说，这个先进还是你当吧，人的名儿，树的影儿，以后好工作。

班长听了着急道，哎呀，张师傅你也跟着凑热闹，要知现在，我当初就不该让这个先进。

事情很快惊动了厂部。领导们经过研究，决定再增加一个先进的名额，于是班长和老张披红戴绿双双走上了光荣榜，只不过班长的笑有点勉强，有点苦涩。

周碧辉

是的，我爱上了周碧辉。

母亲说，孩子，你错了，咱做下人的，哪有爱上少爷的道理，趁早死了这份心。

可是我不甘心，我喜欢周碧辉，喜欢他来去匆匆的身影和阳光一样的笑容。

饥荒年代，周碧辉竟然和父亲对抗起来。我目睹了他们爷儿俩争吵甚至动粗的全部过程。周碧辉说，外面那么多的灾民，我们应该把家里的粮食都拿出来分给他们。老爷被他的话气黑了脸，怒气冲冲地说，你这个败家子，那些粮食都是咱自己一粒一粒攒起来的，拿去给别人，你吃什么！周碧辉不甘示弱，他挥着手臂，脑门上的筋都绷起来，我看得心都疼起来。哼！你如果不拿给他们，我宁可不吃！你这个混蛋！老爷拿起一个杯子，狠狠地摔在地上，那些碎瓷片飞起来，像绽开了一朵美丽的花。你滚，滚！老爷已经气得语噎了。滚就滚！周碧辉一转身，他的眼角从我的脸上划过，我看到了他那忧郁而气愤的眼神。那一刻，我恨不得跟着他一起滚。

从此一连好几年，我再也没有看到周碧辉。只是在他走的那一夜，老爷家里的粮仓被盗了。老爷从此一蹶不振，发誓不再认他这个儿子。

这几年，我也过得六神无主。母亲说，不要再想入非非了，即便是周碧辉也喜欢你，可是这个家庭会接受你吗？我知道母亲说的没错，可是我的心已经无法收回了。

我日夜思念着周碧辉，他会去哪里呢？外面的世界那么乱，听说日本人已经打进来了，我真替他的安全担心。

这年开春的时候，周碧辉回来了，而且不是一个人回来的，有日本人，还有一大群的随从。

周碧辉看到我，脸上现出久违的笑容。他说，英子，你还好吗？

我羞涩地低了头，依旧是那样的身影，依旧是那么帅。我喊一声少爷，便激动地再也说不出话来。我真想知道他这些年去了哪里，又怎么跟日本人搅在了一起？

周碧辉跟老爷和好了，他规规矩矩地向老爷认了错，那谦卑的样子，变得让我陌生起来。

以后的日子，周碧辉成了汉奸。连母亲也愤愤地说，没想到周碧辉会变成这样。我掉泪了，因为周碧辉，也因为自己。

我努力地想忘掉以前的一切，可是我痛苦地意识到，越想忘记过去的时候，周碧辉就越会强烈地占据我的记忆，那个意气风发的少年，那个有血气的青年汉子。

我努力地不再喜欢周碧辉，他那奴颜婢膝的样子让我厌恶到了极点。

有一次，周碧辉拦住了我。他板住我的肩膀，直直地看着我，似乎有话要说，却又不说。我掰开他的手臂，冷冷地说，少爷请自重。

周碧辉缩回了手臂，似乎有些哀伤地看看天空，然后叹口气，好像自言自语，又像是对我说，有一天，你们会理解我的。

我没再搭话，冷冷地走开了。鬼才知道，谁会理解他！

那时候，母亲因病去世了，我也心灰意冷，想离开周家，但我又不知道往哪里去，况且老爷也不会平白无故地放我走的。

我硬着头皮找到了周碧辉，我想他如果念在旧情上，也许会帮这个忙。

出乎意料的是，周碧辉不仅爽快地答应了，而且还帮我联系了去处。他的殷勤就像对日本人一样，可我并不感激他。

临走的时候，周碧辉非要送我一程，我拧不过，就随他了。他一边嘱咐我到外边的注意事项，一边又说不知道哪一年才能再相见。他的话有些伤感，又有些留恋，期间他几次要拿过我肩上的包裹，但都被我拒绝了。分别的时候，他忽然从怀里拿出一本书说，有时间看看吧，千万别弄丢了。后来他不放心似的，又亲自把那本书放进了我包裹的最里面。

周碧辉走了，望着他的背影，我从心底挥挥手，道一声，永别了。

我去的地方是一个小客栈，老板很热情地接待了我。后来他问我是不是有周碧辉的一本书，我惊诧于他信息的来源，他答应看完后马上还我。

紧接着，我就听说，八路军打了一个胜仗，歼灭了上千个日本鬼子。

后来我嫁给一个三轮车夫，远走他乡了。

再见周碧辉，已经是很多年以后了。那一年我参加了一个千人的批斗大会，在批斗台上，我忽然看见了周碧辉的名字，而在那个名字的后面是打了叉的大字：汉奸、卖国贼。我以为自己看花了眼，直到人们大喊"打到汉奸周碧辉"时，我才知道，这个周碧辉可能就是那个周碧辉。

是的，我认出了他，即便他再老，即便他被折磨得再没有人样，我还是认出了他，他就是周碧辉。

打到汉奸周碧辉！人群中，我艰难地举着手，可是声音却小得连我自己也听不见了。

我想起了那本书，想起了被消灭的上千个日本鬼子，其实我早就什么都明白了。

他，周碧辉，既不是汉奸，也不是卖国贼，他是英雄，是勇士。可是谁敢给他证明呢？

我，也不敢。

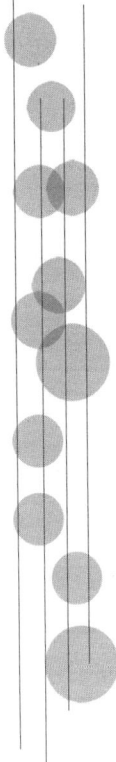

还 书

那时候，金先生无疑是我的偶像。

他头戴礼帽，一身长衫，外加一副金边的眼镜，无论春夏秋冬，总是一副温文尔雅的样子。

他住在我家楼上。每次在楼道相遇，他都会侧了身子，对我点点头。他的礼遇让我很感动，其实对于一个少年，他完全可以昂首匆匆而过。

无由的，喜欢上他的样子，想长大后，就像他那样做学问。

有一次在楼道里，我喊住了金先生，我说，金伯伯，关公战秦琼是怎么回事？

他站住了，很慈祥地看着我，说，这个问题给你讲清楚需要一点时间，这样吧，你晚上到我家来，我告诉你。

他的家很大，到处是书。站在书架前，我的目光马上就被那些书粘住了。金先生说，你如果喜欢，就拿去看，不过一定记得要归还。那个夜晚，我不仅明白了什么是关公战秦琼，临走时，还拿走了好几本沉甸甸的书。

书还没看完，金先生却被打倒了，经常被人拉出去批斗。有天夜里，我在楼道里遇到了金先生。他的精神状态已大不如从前，金边眼镜不见了，取而代之的是一副镜片有裂纹的普通眼镜，头发乱七八糟，脸上也有了几道伤痕。看见我，他迟疑了一下，但没再点头，只是缩紧了身子，等着我走过去。我轻轻地喊了一声，金伯伯。他停下了，却没有抬头。我说，那几本书我已经看完了，什么时候还给你？他没有搭话，又迈开了脚步。我说，金伯伯，我不相信你是坏人。

他停住了，并转过身，凝神侧耳听了一下，然后才低低地说，你跟我来。

他的家里显然被翻过了，到处乱七八糟的。原来书架上的那些书几

乎都不见了踪影。

在一个垃圾桶模样的东西面前，他蹲下来，然后从里面拿出几本有些发黄的书。他有些郑重地看着我，仿佛天将降大任于我。他说，这些书你都拿走，最好不要让你家里人知道，也不要看。又说，你也看不懂。我有些恐慌地看着他，坏人，莫非就是这个样子？

他送我到门口，又不放心地说，如果别人知道了，千万不要说这些书是我送给你的，就说捡的，要不会害了你。我说，知道了，金伯伯。他笑笑，有些勉强，却有一点点满足。

几天后，金先生就被押走了，多少年都不知踪迹。

那些书，我都藏在床底下的破鞋盒子里。翻开那些书，迎面就是金先生的签字和印章。我没有看那些书，其实是真的看不懂，竖排的繁体字，天啊，看两眼，脑袋瓜子就发晕。

再见金先生的时候，是在很多年以后的大学校园里了。那时他已经老了，步履蹒跚，须发皆白，只是那种温文尔雅，依旧让我喜欢。我说，金伯伯，我找了你很久，你还认识我吗？他眯起眼睛，打量着我，然后摇摇头。我说，当年我借了您的书，到现在还没还您呢。他依旧摇摇头，说：我已经记不起来了。看来我只好把书拿到他眼前再说了。

利用假期的机会，我带回了我借他的和他给我的那些书，重重的，满载着一种历史的伤痕。

翻开那些书，金先生"腾"地站起来。他面色苍白，摇摇晃晃，似乎一碰就要倒下来。这不是我的书，你都拿走，都拿走！金先生忽然两手捂面，喉咙里发出呜呜的喑哑声。

我看着窗外的阳光和花朵，情不自禁地流下了心酸的眼泪。

吴 妈

忽然，几声清脆的枪响打破了窗外的寂静，也给整个小镇笼罩上了一层恐怖的气氛。我有些焦躁地看看窗外的夜色，不知道如何是好。

情报已经在我的手里耽误了两天了，如果再不传递出去，恐怕就会给整个组织带来毁灭性的灾难。可是特务们已经对我监视了好几天了，我想走出这个庄园比登天还难。

老爷，吃点东西吧？

我忘记了吴妈是什么时候把饭端进来的，我以为她离开了，没想到她还站在我的身后。

我挥挥手，有些不耐烦地说，你去吧！

老爷，你已经一天没吃东西了，身体重要。吴妈似乎并没有走开的意思。

我转过身，淡淡地看她一眼。她低首站在那里，似乎在等着我的训斥。

吴妈是我两年前从大街上带回来的，那时她带着一个两岁的儿子病卧在大街上奄奄一息，我一时动了恻隐之心，就吩咐张伙夫把她们母子带了回来。吴妈的病好后，本来想打发她们母子离开的，可是正赶上庄园缺人，再加上吴妈能做一手的好饭，就把她们母子留了下来。

此刻，我看着有些卑微的吴妈，一时不知道该说些什么。

老爷，吴妈抬头轻轻地扫了我一眼，又低了头说，人是铁，饭是钢，老爷莫不是有心事吗？

我叹口气，其实我知道她是不应该这样问的，但在此刻，我似乎并不反感。

老爷，吴妈又轻轻地抬了一下头说，有些事老爷做不成的，我们下人是可以试试的。

我警觉地看了一眼吴妈，她似乎话里有话。

在把吴妈留下来之后，我曾郑重地告诉过她，庄园里的事情不该问的不要问，不该说的也绝对不要说，否则就卷铺盖走人。这两年来，吴妈基本遵守了这样的铁律，而此刻，莫非她？

老爷，有些事不知道该不该说？吴妈抬起头，她的目光中已经有了坚硬的东西。

我说，你说吧。

您还记得一年前来我们庄园的那个老郑吗？

怎么了？我警觉地皱起眉头。说实话，我的人生正是从那个老郑来了之后开始转变的。

是我让他来的。

什么！我睁大了眼睛，吃惊地看着眼前的这个女人，一股凉气从我的后背冒上来。

您别害怕。吴妈微微地笑了一下说，老郑是我的男人。

什么！这下我更是吃惊了，没想到两年前捡回来的女人竟然是一个卧底。

吴妈收敛了笑容，在等我稍稍平静之后又说，我不是你们的人，也不是外面那些人的人，我只是一个被你救过的女人。她顿了一下又说，我知道老爷是一个好人。

你想怎样？我的大脑里一片混乱，汗水已经湿透了我里面的内衣。

本来我是不应该过问老爷的事的，可是看您这两天茶饭不思的，我知道您遇上麻烦了。

我点点头，等待她继续说下去。

我刚才说过了，有些事老爷做不成的，我们下人是可以试试的。

你是说？我不相信地盯着她。

是的，如果您相信我，我可以试试。

我怎么才能相信你？

我也不知道，不过，我的儿子可以押在你这里。

我怎么知道那孩子是不是你的？我不能就这样相信她。

那，吴妈忽然仰起头，看来老爷还是有顾虑，您想想这一年中，您做过的事情我基本都是知道的，如果昧了良心去告发，您现在早就不是我的老爷了。可我不是那样的人！

　　我盯着吴妈有些苍白的脸，很快就有了打算。我决定冒吴妈这个险，即便她是对方的人，我们的情报也都是需要解码的，反正我早就成了敌人怀疑的对象，与其耽误了情报，还不如我相信她一回。

　　我说，好吧，吴妈，我相信你，你跟我来。

　　吴妈是早晨买早点时走的，她说那时候不容易引起特务们的注意。

　　一整天，我都是在忐忑不安中度过的。我知道这一次选择，有可能害了吴妈，也可能会暴露了我的身份。我做了最坏的打算。

　　一天以后，吴妈没有回来，两天以后，依然没有吴妈的身影。

　　直到第三天，我派了张伙夫出去打探了几次，依然没有吴妈的消息。

　　吴妈在我的视线中消失了，从那以后，吴妈的儿子就成了我的儿子。

　　吴妈的下落是我多年后才从批斗我的红卫兵儿子那里知道的，他不知道从哪里得来的消息，说我害死了吴妈。他们让我坦白自己那时是如何欺压老百姓的，又是怎样逼走了吴妈。原来那一次，吴妈在帮我送出情报之后，就暴露了身份，在掩护情报员老郑的时候，跳崖而死。

　　而吴妈送出去的那个情报，却挽救了我们队伍几百人的生命。

陌生来客

我姥爷是在傍晚的时候回来的。在他的身后，还跟着一个年轻的女子。

那女子低眉，顺目，间或悄悄地扫我们一眼，就又低下头来。

我姥爷说，房东的女儿，放假了，来咱乡村散散心。

我姥姥"哦"了一声，赶紧推推我说，喊阿姨。

我喊了一声"阿姨"，那女子看看我，又看看我姥爷，然后才说，真乖。

来客人了，我们烧火做饭！我姥姥忽然高声喊道，她的眼睛一直就没离开过那女子。

晚饭很丰盛，我姥爷很高兴，说，又是好几个月没吃到家乡饭了，真香。

那女子低着头，一碗的饭，吃了老半天。我姥姥一个劲儿地说，闺女，多吃点，咱乡下没什么好饭。

我姥爷也说，是啊是啊，凑合着吃点吧，比不上你家里。

那女子勉强地笑笑，说，很好的。

那女子的声音很好听，不像我们这里一张嘴，话就硬得要命。

我已经很久没见到我姥爷了，上次好像还是在夏天的时候，那时他刚刚在外面赚了一笔钱，说要扩大生意的规模。我们一直都不晓得他在外面做什么生意，只知道他能给家里挣回钱来，这一点，比什么都重要。

这次回来，莫非又是给家里送钱来了？

因为有那女子在，晚饭吃得多少有些拘谨。其间，我姥姥还站起来替我姥爷抹去了嘴角的一粒米饭，还说，有外人在，也不注意自己的形象。

我姥爷说，不是外人，没那么多事。

怎么不是外人？我姥姥笑着对着那女子说，姑娘，别见笑，他啊，老了，脸皮就厚了。

那女子笑笑，没说话，脸却红了一层。

夜里，我姥姥安排那女子跟我睡在一个炕上，因为有外人，我多少有些兴奋，我一直缠着那女子跟我说说她们那里的世界。那女子似乎无心讲述这些，只简单地说了几句，就说累了要睡觉。可是灭了灯，她却一直翻来覆去，一点也不像累的样子。

我姥姥和姥爷屋里的灯亮了很晚，我都睡醒一觉了，他们屋里的灯还亮着。

转天，吃完早饭，我姥爷对那女子说，走，我带你去外面转转吧。

未等那女子说话，我姥姥却说，还是我带她去吧，村子里的好多路都变了。

能变到哪里去？我姥爷显然很不高兴，说，你愿意去就跟我们一起去，自己的村庄我还能不认识了？

那女子不说话，低了头跟在我姥爷身后，两人一前一后走出了家门。

我姥姥站在那里，半天没挪地方，那么冷的天，换作我早就跑进屋子里了。

那天的饭菜依旧很丰盛，我姥姥似乎把过年用的东西都拿出来了。我姥姥说，不能让人家说咱小气。

我似懂非懂，也顾不上细想，我早被那些好吃的吸引过去了。

我姥爷只住了两晚就说要回去了，我姥姥说，不能过了年再走？人家来咱这一趟也不容易。

我姥爷说，生意忙，就这样已经损失很多了。

我姥姥说，那你就不应该回来，那样不更可以减少损失？

我姥爷说，看你说的什么话？我还不是放心不下这个家。

我姥姥说，你知道还有这个家就好。

我姥爷不吭声了，他招招手，带着那个女子，头也不回地走了。

那时候就要过年了，有的人家已经开始蒸年糕了。

夜里，我忽然听到一阵很压抑的哭声，我侧耳听了听，那是我姥姥发出的声音。

再见我姥爷已经是来年的秋天了，那时候粮食刚刚收仓，正是天高云淡的季节。

我姥爷身后依旧跟着那个女子，只不过她的肚子很大了，行动很缓慢。

我刚喊了一声"阿姨"，就被我姥爷制止了。我姥爷说，喊姥姥。

我莫名其妙地看看我姥姥，她扭了头，似乎不支持我这样喊。

我姥爷看看那女子，没有说话，他似乎知道是这样的场面。

晚饭依旧是我姥姥做的，只不过没有上次那么丰盛了。

我姥爷很不高兴地敲敲桌子说，她正是需要营养的时候。

我姥姥沉默不语，脸色已经有霜了。

我姥姥收拾碗筷的时候，弄得到处都是响声，乒乒乓乓的。那女子一直看着我姥爷，我姥爷说，没事的，她就是这么个脾气，人是好人，你慢慢就知道了。

夜晚，我姥姥把我的被子搬进了她的屋子。我姥姥说，宝贝陪姥姥睡吧，姥姥屋里有老鼠，姥姥怕。

夜里，我一直听着老鼠的声音，可是除了窗外的风声，我什么也没听到。

我姥姥一直叹气，我问她怎么了？她说胸口憋气。我说我帮你捶捶。我姥姥没有说话，只是紧紧地抱着我，好像怕我飞走似的。

我姥爷依旧是住了两个晚上，就又要走了，只不过与上次不同的是，那女子没跟着走。

我看见那女子掉泪了。我姥爷一直拉着她的手，说自己很快就会赶回来。

那女子就住下来。

那女子写得一手的好字，没事的时候她就教我写字。我很喜欢她身上散发出来的气息，这气息是不同于我姥姥身上的，当然我没敢跟我姥姥说。

我姥姥很少跟那女子说话，即便是说话，也是有一搭没一搭的。我已经改口喊那女子"姥姥"了，这是我姥姥嘱咐我的，她说，按辈分，那女子也是我的姥姥。可是她那岁数，多少让我有些别扭。

那女子一直喊我姥姥为大姐。

我姥姥做的饭菜开始有了花样，那女子时常不好意思地说，大姐，真是麻烦你了。

我姥姥似乎并不领她的客气，说，还不是那老东西说，你需要增加

营养。

那女子不说话了，肚子却一天天大起来。

有一天夜里，我发现我姥姥在做很小的衣裳，我说，是给我做的吗？

我姥姥看我一眼，说，你都多大了，你看看你穿得了吗？我吐吐舌头，马上就明白了，说，是不是给那个"姥姥"肚子里的孩子做的。

我姥姥"嘘"了一声，悄悄地说，我宝贝真聪明，不过要保密啊。

秋天快结束的时候，那女子生了，是个六斤多重的大胖小子。我姥姥高兴坏了，她一直说着"那老东西有后了，那老东西有后了"。而那女子也很高兴，她对我姥姥说，要是他在身边不知道会高兴成什么样子呢？

我姥爷一直没有回来，按说早就到了该回来的时候了。

又要过年了，正在我姥姥和那女子翘首盼望的时候，我姥爷的消息也传来了，说是在回来的路上遇到土匪，现在生死不明。

我姥姥晃了两晃，就倒下了。那女子也惊愕地捂住嘴，好半天，才"哇"地一声哭出来。

夜　遇

我再次亲了亲熟睡中的儿子，又眷恋地看了看梦中的妻子，然后一转身走出家门。

月色真好，连我紧绷的神经在这一刻也放松下来。路两边的树木静立着，仿佛也在做着一个美好的梦。

大家都睡了，在这样的夜晚，没有几家的窗户还亮着灯，除非，除非是有公干的人们。路灯都坏了，即便不坏，在这样的月光下也显得多余。在经过一次次的批斗，疯狂之后，这个城市终于安静下来，人们都在尽情地享受这难得的安宁，也许明天睁开眼睛，就会有许多意想不到的事情。

终于走到了湖边，亮晶晶的湖面，似乎也陷入了梦境。天上一个月亮，水中一个月亮。我遥望广阔的天宇，看到了几颗亮晶晶的星星。

我坐下来，因为碰到腿上的裂口，我倒吸了一口凉气。腿上的裂口是白天被一个小伙子踢的。他的劲儿真大，一脚就把我踢倒在地上，随之而上的是许许多多陌生的脚和口水，他们都含了极大的愤怒，仿佛我是他们不共戴天的仇人。可是我和他们素不相识。他们骂我，打我，甚至羞辱我。在我40多年的生命中，我的人格还从未遭受过这样的羞辱。士可杀，不可辱。老祖宗的话一直不停地响在耳边，我失去了继续活下去的勇气，况且，明天等待我的，还不知道是怎样的风雨。

选择投湖而死，是我考虑了很久的一个方式。原因是我喜欢水。我从小在长江边长大，还得过游泳健将的称号。我喜欢被水包围起来的感觉，这种感觉比口水好多了。其实选择投湖，我更多的还是想洗去那些泼在我身上的污水，我什么坏事也没干过，没杀过人，也没放过火，更没有反对过什么，可是他们却给了我那么多的罪名，叛徒、走狗、走资派。这世界乱了，已经没有秩序了，我只有选择去死。

湖水漫过了我的脚面。尽管是秋天了，水却一点也不凉。如果在以往，我肯定是以欢呼的姿态扑向水面的。而现在，我只能慢慢地走向湖心，慢慢地体会这人世间最后的悲凉。

可就在这时，我的身后忽然想起了一个声音：站住！

我扭转身，看了半天，才看清楚了坐在树影下石凳上的一个身影。他站起向我走过来，然后把手伸向了我。

他是什么时候坐在那里的呢？他肯定看到了我刚才的一切。

我并没有把手伸给他。就那样对峙着，似乎谁也无法说服谁。

我认出了他，是一个白天和我一起挨斗的老教授。

他说，你先上来再说。

我说，我已经不打算上去了，那里已经不是我的世界了。

他说，你真蠢，年纪轻轻的，还有那么多的好年华。

我说，那只是你的一厢情愿。

他说，没有爬不过去的山，也没有趟不过去的水，忍一忍什么都过去了。

他下了水，然后拉住了我的手。

我们就那样坐在湖边的石凳上，夜色是那么美好地包围了我们。

好好活着。他喃喃自语，不像是说给我听的。

看着他布满伤痕的脸庞，我忽然有一种冲动，想伏在他的怀里痛哭一场。

他搂住了我的肩膀，我能感觉出他身体的微微抖动。

我们不再说话，只是那样看看湖水，又看看夜空。

是他提出要送我回家的，我没有答应。放弃死亡也是需要勇气的，尽管我答应他不再去死了。

他走了，佝偻的背影在那一刻显得那么脆弱和无力。

转天又是一场更为残酷的批斗，可是我没有看到老教授的身影。后来听我的妻子说，昨夜，他投湖而死了。

马兰花

马兰花是我的邻居，我家在胡同的东边，她家在胡同的西边。

马兰花天天来我家串门，一呆就是老半天，和我母亲叽叽咕咕的，都是大人的话题。

我不喜欢马兰花，虽然她挺喜欢我的。她每次捉到我，手都会直奔我的小鸡鸡，直到我被她捏疼了求饶为止。

马兰花没有儿子，在一口气生了四个丫头之后，她的肚子终于没有再鼓起来。那时她的年纪大了，她男人的年纪更大，比马兰花大15岁。

我看马兰花的模样，也算俊俏的了。即便是穿破旧的衣服，也有一种女人的风韵。我说，她怎么嫁给一个老头子？

生活所迫吧。母亲只说一句，便不再说下去。因为那时每一家的生活都还没有温饱。

马兰花对我最爱说，小宝，给我当儿子吧。

我当然摇摇头，躲躲闪闪。

马兰花说，你家有什么好？然后瞄我母亲一眼又说，看你家破破烂烂的，哪有我家好？

我说，那我也不去。

马兰花说，你看不起婶婶。

我不再说话，赶紧跑开。可是我躲不开马兰花的眼神，我跑到哪里，她就跟到哪里。

有几次，马兰花紧紧地抱住我，用她温润的脸颊贴在我的脸上说，我要是有个小宝该多好。甚至有几次跟我母亲开玩笑说，我拿两个丫头换，成不成？

虽然她没有拿丫头换，我也没有成为她的儿子，可是马兰花对我真好，每次有了好吃的零食，都会跑过来拿给我。

马兰花最忌讳别人在她面前提到"绝户"两个字。如果是吵架，你骂她"绝户"，那更是捅了马蜂窝。我就亲眼见过一次她骂人的场面。她上了自家的房顶，一手掐腰，一手配合着叫骂指指点点。马兰花的脏话很难听，据说大老爷们都很难听下去，当然挨骂的那家人更是无法忍受，干脆下地干活去了。

我也无法忍受马兰花骂人的样子，她再来我家的时候，我就躲着她。她当然知道原因，往往跟我母亲解释着就哭起来。女人的眼泪是很打动人的，尤其像马兰花这样的女人。

有一次我问母亲，马兰花怎么这样啊？

母亲说，人善被人欺，尤其没有男孩子的人家，她很难呢。

顺着母亲的话往下一想，我还真就发现了问题。马兰花的男人，还真没有一次着急的时候，即便别人拿他找乐的时候，他也一副火上房不着急的样子。马兰花骂他窝囊废，他也不反击，顶多是翻个白眼自己下地干活。

我常常想，要是马兰花有个儿子的话，会是什么样子呢？

结果我是不知道的，但没有儿子的结果，马兰花却自己都安排好了。

大丫头嫁了一个邻村的小伙，一到农忙的时候，那个小伙就过来帮忙，让别人很嫉妒的样子。

二丫头嫁了一个本村的小伙。小伙的家族大，别人再也不敢搬弄马兰花的是非了。

三丫头没留住，人家考上一所中专院校，算是奔出了庄稼地。一回来，马兰花脸上就冒红光。

最小的丫头干脆倒插门，没有儿子也胜似儿子了。

我母亲说，这个马兰花，连自己养老的问题都解决了。

马兰花说，我不自己解决，你给我解决？我不像你，有大宝，还有小宝，老了有人给送终。

那时的母亲和马兰花虽然还在一起叽叽咕咕，可是她们都老了。

马兰花的男人去世时一点也没有征兆，早晨还好好的，中午一觉睡去就没有醒来。这样的死法让所有的人都羡慕不已，说是多年修来的福分。

马兰花说，还不是我给他带来的，那个老不死的，一辈子就没让我轻松过。

没了男人的马兰花四个女儿家轮流过，按说应该很轻松了，可是马兰花依旧长吁短叹，因为她的四个丫头给她生下的依然是四个丫头。马兰花说，我就是这命，命该无子。

有一次我对母亲说，有没有儿子，真的那样重要吗？

母亲说，分人，分地方。

本以为马兰花就这样打发自己的晚年生活了，但让所有人都没想到的是，马兰花在一次去三女儿所在的城市之后，很长时间都没有回来。再回来时，马兰花身后跟了一个白头发老头。

是的，大家可能都猜到了，马兰花再嫁了，据说那个老头有好几个儿子。

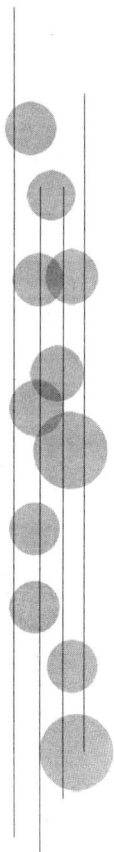

养 老 树

树是老头子活着的时候种下的。那时候，老头子曾一边抚摸着那些树干，一边对她说，如果我走在你前面，这些树就是你的养老树。虽然是戏说，但没想到最后竟然成了现实，老头子先她而走了，儿子们也都成了家，只留下她一个人守着这些树打发着余生。

树都长高了，也都长粗了。空闲的时候，她会抚摸着那些老树粗糙的躯干，想老头子活着时候的光景和老头子跟她说过的那些话。

上个礼拜，她的哮喘病犯了，实在忍不住的时候，她去找了大儿子。大儿子正忙着院子里的玉米。大儿子说，等我忙过这两天，就带你去医院。可是两天过去了，大儿子连面都没露一下。她又去找二儿子，二儿子说，我手头没钱，等我卖了粮食再陪你去医院吧。她刚想骂几句二儿子，可是一阵咳嗽差点让她背过气去。她想起以前教儿子们唱的那首儿歌：大公鸡，尾巴长，娶了媳妇忘了娘。她记得当时还问过两个儿子，如果忘了娘怎么办？两个儿子异口同声地说，打屁股。现在她能打谁呢，儿子已经不是原来的儿子了，她这个娘也不是原来的娘了。

回到自家门口的时候，看着那些粗壮的大树，她忽然想起了老头子说过的那些话，养老树，对不起了，只能让你们来帮我渡过难关了。

买主是几天后来的，他们先是围着那些树转了几圈，然后才对她说，都卖掉吗？她摇摇头说，只卖一棵。买主很失望地说，一棵也值得卖吗？她说，没办法，现在我只想卖一棵。买主说，那只能便宜一些了。她说，便宜多少？买主说，比如这棵树值 600 块，我们只能给你 550 块。她说，不能照顾一下吗？买主说，这已经不错了，要不是看你年纪大了，我们只出 500 块。

树是买主选的，是一棵 30 多年树龄的老柳树。她记得那棵树还是她和老头子一块种的。那年大儿子刚出生，老头子说，种棵树纪念一下吧。

他们就种了这么一棵柳树。现在电锯吱吱地响着，像割着她的肉。本来她想把这棵树留给大孙子的，现在看来做不到了。

树是上午被拉走的，下午大孙子就磨磨唧唧地进了家门，半天也不说话。她以为大孙子受了委屈，问了半天，大孙子才支支吾吾地说，要交50块钱的学费，爹娘不给。看着大孙子躲闪的两眼，她什么都明白了，她说，奶奶有，先拿去交学费。

刚送走大孙子，二儿媳忽然风风火火地闯了进来，娘，先借我100块钱，你小孙子摔着了，得马上去医院。拿了钱，她跟着二儿媳急匆匆地跑出来。二儿媳骑上自行车说，我先把钱送过去，你就别去了。她担心小孙子的伤情，一晚上坐立不安。转天她急匆匆地去看小孙子，小孙子伸出一条腿，却只是一小块的皮外伤。

还没去医院，就已经花掉了150元。捏着那400块钱，她不知道自己还能捏多久。

她自己去了医院，医生说，需要输液。她问，得多少钱。医生说，500块左右吧。她吓得赶紧捂住了口袋，好像那些钱自己会飞走似的。后来，她好说歹说，医生才答应让她先吃点药试试。

刚回到家，村长就来了。村长说，你家砍树了？她点点头。办砍伐证了吗？她摇摇头说，我家老头子活着的时候说砍自家的树是不用砍伐证的。他说的话也能算数？糊涂！村长说着往外走。她紧跟了出来，央求着村长说，你帮帮吧。村长说，我回头给你信儿。

村长走了，她却站在那里半天没动地方。她觉得好像有什么东西把嗓子都堵住了，连呼吸似乎都没有了。

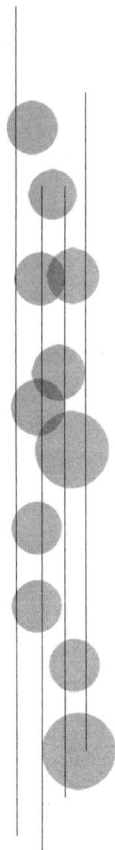

五分钱的温暖

冷风从窗棂的缝隙里钻进来，教室里弥漫着一种肃穆的寒冷，这种冷是从脚底开始的，然后顺着脚跟一点点爬上来，有几次我差一点就要踮起脚来，可是我看着同样一直不断哈手的老师，还是裹紧了身上的棉衣，让脚尖抵在地上轻轻地抖动着。

大雪封山了，足足有一尺多深，踩上去就淹没了整只脚。我站在校园的雪地里，不知道那些白皑皑的雪会什么时候融化，我知道，再有两天，我所带的咸菜就要吃完了。以往，我们住校的学生一个月回家一次，拿一些生活的必需品，而现在，想回去也回不去了。

周六的下午，没有课，我和强凑了两毛钱，准备去小镇上的代销店里买一点咸菜。

代销店不是很大，可是一走进里面，我们还是感觉到了与外面世界的截然不同。店里中间的空地上有一个铁质的煤火炉，炉口向上冒着旺盛的火苗。多么诱人的火苗啊！我和强拥过去，把手贪婪地伸过去，火苗温暖着我们麻木的指尖，可是我们的行动却也吸引了一些人的目光，尤其是店主的目光，已经明显地带出了不满。

我慢腾腾地掏出那两毛钱，刚想说买点咸菜，可是强却拉住了我，说，买五分钱的。我有些困惑地看着他，他又说，我们明天再来。他的话音未落，我忽然明白了强的意思。

店主是一个老者，头发已经有些白了，他的眼睛一直紧盯着我的动作，不冷不热的表情似乎是对我们刚才行为的回应。我说，大爷，买五分钱的咸菜。那老者愣怔了一下，好像没有明白过来，五分钱的——咸菜？我低下头说，大雪封山了，家回不去了，只好，只好……老者大概已经明白了，没有再继续问下去，只是沉默了片刻，才开始给我们拿咸菜。

很小的一包咸菜，但是如果节省着吃，也可以吃两天的了。我和强走出代销店，寒风立刻包围过来，只一会儿的工夫，就把从代销店里带来的那点热量赶跑了。我们无奈地看看天空，紧了紧身上的棉衣。

第二天，我和强又去了代销店。这一次我们没有直奔煤火炉，而是在门口的旁边蹲下来，与昨天不同的是这次我们带了课本。临来时，我对强说，他要是不赶咱们走，咱们就多在那里待一会儿。

难堪的是又遇上了老者的目光，我们的行为已经说明了我们的意图，我想他也许会走过来，善意地请我们走开。可是他只看了我们两眼，竟然什么也没有说。

代销店里的火炉散发着春天一样的温暖，如果是在学生宿舍，我们会拥着厚厚的棉被以抵挡冬雪的侵蚀，但是现在，寒冷被火炉挡在了外面，我们的冻脚因温暖而开始酥痒起来。不知道过了多久，直到那个老者喊我们的时候，我们才发现代销店里已经没有人了。

我和强尴尬地站起来，不知道何言以对。

是不是又要买咸菜？他把手背向身后，从柜台后面走出来，他要过我们的书本，翻看了一下说，快毕业了吧。

是的，我和强挤出一点笑，还差半年就要高考了。

哦，原来是这样，可代销店里不是读书的地方啊。他扬了扬眉，从昨天我就注意你们了，哪有买五分咸菜的，很聪明嘛。

强说，宿舍里冷，我们只是想……

我低下头，为我们的小聪明被识破而懊恼。

也就是我，碰上别人早就把你们赶跑了。他又返回柜台，今天买多少钱的咸菜，还是五分钱吧？

不，不是。我摸摸口袋里的那一角五分钱，我们买一毛的。

呵呵，他笑了笑，要是都像你们这样买东西，我的代销店早就关门了。

他拿了咸菜给我们，但是分量却好像比昨天多了好几倍。

我正迟疑着，不知道该马上走开，还是说出自己的疑问。

还不说声谢谢？他仿佛都已经设计好了。

我和强互相碰撞着走向门口，可是刚走几步，那老者却忽然说，等一下。

我们一起扭过头，诧异地看着他。

你们要是喜欢，那晚上也来这里读书吧，其实我一个老头子在这里看夜，也很冷清的。

我和强对视了一眼，都从对方的眼睛里看到了意想不到的惊喜。我们几乎异口同声地说，真的？

是真的，只要你们喜欢，他又恢复了一贯的笑容。

那一刻，我和强全明白了。

代销店里的炉火，虽然有浓浓的煤气味，却让我们度过了人生中最温暖的一个冬天。

烟盒本

　　八十年代初，我被分配到一所偏僻的山村小学任教，那里交通不便，校舍简陋，十天半月也看不到一个邮递员。出于对现实生活的失望，我学会了抽烟，喝酒。当然烟是劣质的"官厅"烟，酒更别说了，说是酒，其实就是当地老乡自己酿的红薯酒，辛辣苦涩，纯属于借酒浇愁，没想到旧愁没去，新愁又冒上来，为此我多次提出调离的申请，但都被退了回来，无奈之下，我只好混天度日，生活要多无聊有多无聊。

　　事情的转机发生在一个春天的中午，我正要午睡的时候，办公室的门忽然被轻轻地敲了两下，我打开门，却是我班上的牛头，"牛头"是绰号，他本名叫刘学文。看见我，牛头有些不好意思地笑笑，他说，老师，我想跟你要点东西。我疑惑地看着他，不知道他葫芦里想卖什么药。牛头摸了摸头接着说，老师，你的烟盒是不是可以给我留下来？出于打发他快点走的目的，我点点头说，当然可以。牛头冲我鞠了个躬，说谢谢老师了。

　　牛头的成绩在班上不算太好，中等偏上吧，这可能与他长期的旷课有关。大家都知道他家里的困难，所以他来不来上课也都没有人关注。我对他的印象不是很好，他上课虽然也在听讲，可总是无精打采的样子。他的作业本从来就没有整齐过，不是缺封面，就是没有封底，严重的时候他竟然用一些不同颜色的纸张拼凑成一个作业本。至于内容，看上去还算整齐。

　　我开始给牛头保留烟盒，其实这不是很难的事情。我知道乡间有一种小孩子们玩的游戏，就是用纸张叠一些四方块，然后在地上摔着玩，我想，牛头不过是这种目的罢了。

　　牛头第一次来拿烟盒的时候，显得有些拘谨，但面对那一大堆的烟盒，他还是露出了一种惊喜的表情。他匆匆忙忙地拿了那些烟盒，说一

声谢谢老师，然后转身离去。看上去他并不想和我说些什么，而我也不想多问，这种默契保留了很长的时间，直到学校有一次组织作业评比，我才忽然知道了牛头要烟盒的目的。

那次作业评比是封了名字的，目的就是不要老师们有感情分，经过初步评比，有几份作业很快就入围了，但有一份作业却引起了老师们的争执，有说通过的，有说这种作业本怎么能入围？也有保持沉默的。在争论中，我拿过那份作业，马上惊呆了，那是一份由烟盒装订的作业本，那熟悉的"官厅"烟盒，那刻意一笔一划写好的作业，看着烟盒本，我的眼前浮现出牛头那拘谨的表情，心忽然就乱起来。

我找了牛头，他似乎知道了我找他的目的，低了头，两只脚不安地挪来挪去。我看见了他一直红到耳边的脸颊，那是一个农家孩子内心的酸涩世界啊。

我对牛头说，我准备戒烟了，以后没有烟盒给你了。

牛头抬头看我一眼，有些迷茫。

我又说，作业评比，你得了一等奖，这是你的奖品。我搬出自费买来的厚厚一摞崭新的作业本，祝贺你。

牛头的眼里闪过一丝惊喜，接作业本的手都有些颤抖了。

我又说，以后有困难跟老师说一声，让我们一起来克服好不好？

牛头点着头，眼里已经漾出了泪花。

我戒烟了，酒也不喝了，在这个偏僻的小山村里，我忽然发现自己还有许多许多的事情要去做。

我保留了牛头的那本作业，我觉得那是我一生中看到的最好的作业本。